嫁さんのガン闘病記

—妻は余命1年の宣告から10年生きた—

加藤 政行
Kato Masayuki

風詠社

▲三春滝桜の項で滝桜をバックに嫁さん１人の写真（2013 年 4 月）

▲あしかがフラワーパークの項で大藤の下の２人（2008 年 5 月）

◀鎌倉市報国寺にて、
足利氏ゆかりのお寺での２人
（2008 年 6 月）

▲芝桜の里（岐阜県中津川市蛭川）にて

目次

装幀　2DAY

嫁さんのガン闘病記

―妻は余命1年の宣告から10年生きた―

はじめに

本書には、妻が突然肺ガンと宣告され戸惑った経験から、家族として患者とどう向き合うか、そしてその場合（ガンの宣告をされた場合）の対処法、サポートの仕方を書いたつもりである。これには百人百様のやり方があると思う。しかし、大筋での対応は変わらないのではないかと思う。そして現在あまりにも抗ガン剤一辺倒のガン治療にも警鐘を鳴らしたいと思う。

俳優の川島なお美さんが抗ガン剤を拒否してガン闘病をしたことに様々な議論があるが、現在抗ガン剤を使用している人、これから使おうとしている人は、1度読んで欲しい。この内容を知った上で、選択枝として抗ガン剤を選ぶのは本人の自由だが、知らないまま後で後悔しても取り返しがつかない。その意味でもぜひ読んで欲しい。

又、最近はガンでもかなり助かる率が高くなって来たが、今でも「抗ガン剤治療に頼る進行ガンは生きるのが難しい」という現実がある。この段階では、現在では医療として認められているのは抗ガン剤治療のみであり、これ以外の選択枝が無い様に思える。しかし、それ以外の選択枝を偶然選んだ為、抗ガン剤治療よりも遙かに長く生きられた事実があることを少しでも世の中に浸透させたいと思って本書に記した。

第1章　肺ガンの宣告から

嫁さんのガン闘病記

嫁さんは、肺ガンで余命1年と宣告されたものの抗ガン剤を使わず10年生きた。その治療法と考え方。そして、医学とは無縁の自動車の技術屋が妻のガン治療をガン工学としてみなし、取り組んだ10年の記録である。医療に工学的なアプローチを持ち込み、仙台の免疫療法であるＢＡＫ療法と要所要所での放射線治療、そして補助としてのハイパーサーミア治療及びラジウム温泉・タヒボ茶・足湯や風呂で体を温める・食事療法・びわのお灸等の民間療法と「あれやこれや」で余命1年を10年に延命させた考え方を今後、ガンで闘病される方にとって参考になればと思い書き残す。

亡くなった嫁さんの願望であった「ガン患者を少しでも元気付けたい」との意志を継ぐものであると確信している。又、それこそが、嫁さんとガンとの闘いで「生き方」を学んだ記録でもあるのだ。

病気の経緯

２００３年５月半ば、嫁さんの肺ガンが見つかり、５月末、左肺下葉切除手術。しかし、右肺に既に転移あり、ステージ（ガンの進行段階）Ⅲ期Ｂ。抗ガン剤が効かない腺ガンで余命１年位と宣告された。

本で、免疫療法（ＢＡＫ療法・宮城県立ガンセンターの付属研究所で海老名先生が開発された免疫療法で血液20ccを取り、その中のガンを叩くリンパ球を２週間培養し、それを体内の血液に戻し、ガンを叩く）の有効性を知り、申し込むも半年待ち。しかも、その間は抗ガン剤の使用は避けて欲しいとのこと。理由は抗ガン剤が免疫力を落とす為で、抗ガン剤を散々やった後では、この免疫力が正常な状態に戻らない現実がある。その為免疫療法が十分効かない為、抗ガン剤の使用を禁止されたのだと思う。

抗ガン剤の使用無しで半年乗り切るのに、タヒボ茶（アマゾンの奥に生えている木の樹皮をお茶にしたもの・アメリカで当初ガンの痛み抑えとして使われたもの。しかし、ガンが治って行くので研究され、ガンを叩く作用が発見された。又、インカ帝国で難病に効く薬として使われていたと聞く）の飲用。

さらにラジウム温泉・食事療法・びわの葉の温灸及び、体を温める等の民間療法を併用し、その有効性を知る。

免疫療法のＢＡＫ療法２クール目に併用したピンポイント放射線照射で右肺の転移ガンが消滅。以後免疫力確保と再発防止でＢＡＫ療法をメインにラジウム温泉（やわらぎの湯・ローソク温泉）・タヒボ茶・食事療法・びわの葉温灸・体を温める等を続ける。

２００８年５月　５年の生存率０％をクリア。しかし、この年８月、私の父親の問題（面倒見の問題）があり、嫁さんに負担が掛かる。

２００９年３月　右肺の放射線照射でガンが消滅した部分が膨らみ出す。

８月　右肺のガンの再発を宣告される。

２０１０年３月　ガン３cm大。

７月　５cm大に拡大。

８月　ガンの部分放射線照射で３cm大までに縮小。

２０１１年７月　再度５cm大になる。

８月　再度部分放射線照射するが効果無し。

２０１２年３月
12月　ハイパーサーミア（温熱療法）とＢＡＫ療法を組み合わせ開始。
３月　ガンに巣が入った状態になり減少効果有り。だが、それ以後顕著な効果は現れず。
11月末　背中の肩胛骨付近の皮膚下に転移ガンが出る。手術で切除。
２０１３年１月末　背中の同じ箇所に再度ガン噴出。今度は放射線照射（30回）で消滅。
４月　内部のガン（右肺）が拡がる。
５月中旬　在宅酸素機械使用開始。
６月初旬　病院で肺にガン浸潤で死亡。

余命1年位と言われたが、ＢＡＫ療法と名付けられた活性リンパ球免疫療法を主体に様々な方法で丸々10年生きた。その間、通常の生活をし、最初の手術後、入院もほとんど無し。抗ガン剤の苦しみも知らない。ガン患者としては幸せな生活だったと思う。
但し、お金と時間はかなり使った。それでも、少しでも長生きする方法として、今後のガン患者の参考になればと思い、反省を含め闘病の記録として書き留める事にした。

肺ガンで余命1年が10年間も生きられた理由

長生きできた最大の理由は、体力を消耗する抗ガン剤治療の代わりに第４の治療法と言われる免疫療法を選んだことだと思う。その中でも特に仙台で行われていたＢＡＫ療法を選択したことが、その主要因であったと思っている。

ＢＡＫ療法は（公財）仙台微生物研究所・免疫療法センター長並びに仙微研クリニック院長である海老名卓三郎博士が宮城県立がんセンター研究所時代に考案したがんに対する免疫細胞療法でBRMactivatedkiller（生物製剤活性化キラー）療法の頭文字を取ったもの。患者から20㎖の末梢血を採血するだけで、14日間かけて自己活性化リンパ球を10^{10}まで増やし、患者に1時間かけて点滴静注で戻す方法である。副作用が無く延命効果に優れた療法である。ＢＡＫ細胞を免疫療法センター内のクラス１００００のクリーンルーム２室で、無血清培地を使って培養する世界最新の安全な療法で、更に停電に備えた自家発電機を設置した安心な療法でもある。更に最近テロメスキャンという血管中に流れるみえない癌を検出する方法が出来ＢＡＫ療法がそれら細胞を全て殺すことがわかったので世界で初めて癌の予防効果を認めた療法である。（公財）仙台微生物研究所のホームページより抜粋。

このＢＡＫ療法は２００４年１月開始以来２０１３年５月まで計１００回以上投与を行

い再発防止、ガン拡大の防止のメイン治療として効果が有ったと思う。

このＢＡＫ療法は抗ガン剤の使用が許されない為、この治療を受けるために半年の待機期間が有ったが、抗ガン剤以外の方法で待つ事になった。この間、色々トライし勉強になった。なんとか乗り切れたのは、タヒボ茶・ラジウム温泉・食事療法・体を温める（足湯と風呂）と他の民間療法（びわの葉の温灸）と「あれやこれや」の多面療法のおかげだった。

更にＢＡＫ療法開始後は、要所要所で放射線療法を実施し、ガン消滅又は縮小。

２００４年はピンポイントの照射で１cm大のガンが消滅（但し、これ単独では半年か１年後には再発する可能性大。現在注目されている陽子線治療も同様だと思う）。

２００９年ガン再発後も、２０１０年部分照射でガン縮小、２０１１年は部分照射も効果無し。

２０１１年末からはＢＡＫ療法とハイパーサーミア（免疫療法の効果を上げる役目・増感作用と解釈）を組み合わせた方法をトライし、初期は効果大だった。ハイパーサーミアは保険も利く良い方法だが使い方も注意が必要（痩せる）。後で考えるとこれも１年延命の効果があったと思う。

更にＢＡＫ療法の補助として、タヒボ茶をずっと飲み続けた。これも効果があったと思う。又ＢＡＫ療法の補助としてラジウム温泉の岩盤浴が出来る福島県の三春の「やわらぎの湯」（ここだけでガンが消えた人もいる。月２回ＢＡＫ療法で仙台に行った時に１回３〜４泊の湯治・ここを定宿にして仙台に行った）及びラジウム温泉で岐阜県中津川市の「ローソク温泉」（日帰りで利用・毎週行った）。この２つのラジウム温泉・岩盤浴は免疫力を上げる効果があったと思う。

更に日常的に出来ることは全てやった。

食事療法（玄米菜食で動物性脂肪や４つ足の肉は避ける。朝はニンジンジュース摂取）と体を温める（足湯１日数回と風呂３回）ことと、他民間療法のびわの葉の温灸（これは毎日実施したが家中が煙りだらけになる。但し受ける方は非常に気持ち良く落ち着くらしい。最後の方では電気式の温灸器で寝る前に30分実施。これで良く眠れると言っていた）等、とにかく、やれることは全てやった感がある。

長生き出来た理由の２つ目に、お金が何とか続いた。

嫁さんには、常々「お金の切れ目が命の切れ目」と言っていたが、運良く何とかお金が続いた。運良くとは、ガンになった時、家のローン（公庫のローン）及び車のローンがほぼ終わっていた。又ガンになって5年目に私が定年退職し、退職金が入り、何とか逼迫していた家計に一息吐けるだけのお金が入った（しかし結果的に、10年で６０００万円近く使った。金のやり繰りは嫁さんの担当だった為、なぜ払えたか不思議）。

あるガンの闘病記の本を読むと2年目でお金が底を着いたとあった。そうだと思う。１年目は何とか「生かそう」とお金を使う。１年何とか生られたら、更にもう1年、「生かそう」と闇雲にお金を使う。気が付いたらお金が無い状態になっていた。良くある話だと思う。

我が家も2年目の終わり頃、計算してみると１２００万円ほど使っていた。貯金は底を着き、家計は火の車だったと思う。もし私がガンだったら、ここで命の切れ目になっている。

以後、必死に抑えたがそれでも年間５００~６００万円使った。免疫療法を毎月投与したが、これが2ヶ月に1回になれば、この２／３か半分程度になると思う。更に良くなり３ヶ月に1回であれば、１／３で済んだと思う。いくら嫁さんの治療とはいえ、月２回も仙台・三春に行く為、会社では「加藤財閥」のあだ名が付いた。

「ここ掘れワンワン」で小判がザクザク出てくる様なイメージを持たれたが、会社の給料でほぼやり繰りした様子と、あとは嫁さん独自の貯金（私もかなり後で知らされたが、嫁入り時の持参金・独身時代に貯めたお金）で免疫療法のお金は賄った様である。

ガンは「金の切れ目が命の切れ目」になるため、治療法を良く考えないといけない。昨今、テレビでガン保険の宣伝をしているが、ガン保険の場合、医療で認められた治療が前提になる。現在の医療では、抗ガン剤治療が前提である為、お金は助かるが、延命という点では疑問が残る。保険に入っておけば金銭的に助かる場合もあるので余裕があれば入っておくに越した事は無いと思う。因みに嫁さんの場合、まだ医療と認められない方法だった為、ガン保険に入っていても一切お金は降りない。ガン保険で保険会社が損しない理由がここにあると思う。

長生き出来た3番目の理由に家族や会社のサポートがあった。

特に、嫁さんのパートナーである私は、会社での上司の理解が無いと、休暇を取って仙台・三春に付き添っていけない。２００４年の10月から車で通いだした。

「来年は生きていないかも知れない」と思うと月２回のうち１回は付き添って行った。特に免疫療法の最初の２クール（計16回仙台往復）は全て新幹線で付き添って行った。金曜日に休暇を取り仙台へ。この為、新幹線代が16回で１００万円を超えた（１往復２人で７万円）。

この10年間に上司（部長クラス）は組織改革で10人近く替わったが、その都度事情を説明し理解を得た。さすがにガンで来年の命が保証出来ない状態では「やれることはしてあげなさい」と言う上司ばかりだった。この時、この会社（三菱自動車）の良さを感じた。大事なところでは、人に優しい会社と改めて見直した。

家族の協力も大切で、家事の軽減のため大学生だった次男、その後を受けて三男（大学に入学後）で順番に引き受けて貰った。更には、最後は長男の嫁さんにもお願いした。

免疫療法で仙台・三春に行く時は、嫁さんの母親（同居・後半で軽い認知症が入っていた）はデイサービスのショートステイ（短期滞在）を使った。最後の２年は、嫁さんの負担が大きいと介護施設に入って貰った。家族全員でサポートし、何とか支えた結果だった。

以上あらゆる面で、この10年は嫁さんのガン闘病に全力を尽くしたつもりだったが、足りない処もあり、反省を含めて振り返ってみる。

又、嫁さんが亡くなった今となっては、仙台の免疫療法と三春の岩盤浴に嫁さんと通った約150往復の治療・湯治の旅（嫁さん単独で別に70往復している）が夫婦の貴重な旅行経験となった。

ガン告知と手術

忘れもしない2003年5月。嫁さんから「午後、西尾市民病院で一緒に話を聞いてくれない？」と言われた。その日、私は午前中、三菱病院で血液検査をする日だった為、休暇を取っていた。三菱病院のある名古屋の金山に一緒に行って、検査後、かに道楽の経営する回転寿司（高級回転寿司）を食べて満足して帰途についた。

その途中、病院のある西尾駅で降り、私は気楽な気持ちで市民病院に付いて行った。しかし嫁さんは何か感じていたのだろう。「怖い」と言っていた気がする。

喘息（アスピリン喘息・市販の風邪薬が原因）持ちで、偶々2週間前に肺のレントゲンを撮り、「肺に白い影がある。念のため生検（細胞を取ってガンかどうかの検査する）してみよう」と言われ、1週間前にこの検査を受けていた。その日はその結果を聞く日であった。先生に呼ばれ、検査の結果は「有ってはいけない細胞がある」と言われた。その時は、何の事かと思った。

翌日、会社で仕事をしていると、市民病院の先生から「すぐ来て欲しい」電話が有り、あわてて病院に行くと「奥さんは肺ガンです。告知しますか？」と告げられた。

私は「手術が必要で有れば告知するしかないですね」と答えた。しかし、病院から会社に戻って仕事をしようとしたが、手が震えてパソコンのキーが打てなかった。いくら頭で分かっていても震えが止まらなかった。ガンと聞いただけで死が想像された為だ。

翌日、嫁さんと一緒に再度病院に行き、医者から改めてガンの告知をして貰った。しかし、嫁さんはそれ以後、泣き止まなかった。

15年前はガン＝死の時代である。今でこそガンでも有る程度生きられる時代になった。それでも、今もⅢ期・Ⅳ期の進行ガンは生きるのが難しい。手術を3日後に控えても泣き止まない為、友達3人に来て貰い、なだめて貰った。それで何とか手術の段階までこぎつけた。手術当日、朝から家族全員で手術を見守った。手術室に入って2時間位経過したところで、担当の先生が手術で摘出した「左肺の下葉の部分」を持って説明に出て来られた。摘出した肺の部分の中にも転移が見られた。そうすると、手術の前に議論になった反対側の右肺の小さいリング状の物（源発の形と非常に良く似た形）も、これも転移と考えなくてはいけない。この反対側の肺への転移有りで、この段階でⅢ期ｂ又はⅣ期となり、後で分かったのだが、余命1年位。当時（15年前）では転移が有る場合には、手術は出来ない事に成っていた（今も同じだと思う）。

理由は、手術が免疫力の大幅な低下を招き、転移しているガンが大きくなる為だが、今回のこの手術が内科医主導で、内科の医師が「右肺のリング状のものは、転移では無い」と言い切って手術に踏み切った経緯があった。

しかし、後で考えると、それが結果的に良かったと思う。内科医師の判断の誤りであったかも知れないが、当時のガン医学の常識が必ずしも正しいとは限らない。

手術をしたが反対側に転移したガンは手術後も大きさは変化しなかった。もし手術で左肺のガンを取っていなければ、当然抗ガン剤で攻めるしか無く、それこそ余命1年となったと思う。手術したことで、攻めるガンの大きさが小さくなった為、「時間が稼げた」のと「対象が絞られた」のだ。

その意味で運が良かったと思う。何が幸いするか分からない。長生きする人は必ずこの様な運（間違っても良い方に行く）を持っている。

抗ガン剤が効かない

しかし、手術を担当した外科医の神谷先生からは、「抗ガン剤が効かないが、どうする？抗ガン剤を投与しても余命1年が1年3ヶ月になる位」と言われた。私は（素人に聞かれても困る）と言う心境だった。抗ガン剤が効かなければ手はない。当時はそう思った。

しかし、抗ガン剤を使っても3ヶ月のみの延命。この程度では延命とは言えない。余命1年が3年になるなら延命と言えるが……。仕方なく入院の見舞金で片っ端からガン関係の本を買って読み勉強した。

本でＢＡＫ療法を知る

その中に、新潟大学教授の安保徹先生の『ガンは自分で治せる』という本があり、「ＢＡＫ療法」と言う免疫療法のことが後半の半分を割いて紹介されていた。「特に肺ガンに良く効く」と書かれていた。理由は、免疫療法の投与で血液に注入された培養リンパ球が最初に肺へ行くためである。主治医（この時点で主治医が手術を担当した外科医になっていた）に見せると「直ぐ予約に行ってこい。愛知県ガンセンターでも予約に2ヶ月は掛かる」と教えられた。

ＢＡＫ療法を予約するも半年待ち。しかも療法実施の前に一切抗ガン剤を使わないことが前提。

ＢＡＫ療法を電話で申し込みをすると「予約に来て下さい」とのこと。紹介状を持ってすぐに仙台に行った。ＢＡＫ療法は宮城県立ガンセンターの付属研究所で海老名卓三郎先生が開発された療法（海老名先生は当時東北大の助教授だったが、実用的研究をしたいとガンセンター設立時に付属研究所を作って貰い研究されていた）。

宮城県立ガンセンターは仙台市の南にある名取市にあった。先生の研究室に行き、予約を済ませると6ヶ月待ちだった。先生に「その前に危なくなったらどうすればいいですか」と聞くと、「その時は電話をくれればいいが、タヒボ茶もあるし」とのことだった。

このＢＡＫ療法は療法実施の前には一切抗ガン剤を使わないことが前提（抗ガン剤で免疫力が落ちてしまうのを防ぐ意味）であったので、待機の間、何とか抗ガン剤を避けるように四苦八苦した。

その時、参考になったのがインターネットで探した「ガン治療における民間療法活用の提言」のホームページ。これを書かれた増喜氏は、肺ガンで余命半年の宣告を受けて、効果があると思われるものを並行して、何種類も同時に試し、何とか肺ガンが消えたとのこと。以後再発も無いという内容だった。但し、何故消えたかの正確な要因解明は不明だが、治っているのだ。この内容で勇気付けられた。諦めずにやれば「何とかなる」と。

最初の頃、この提言で書かれた事をベースに真似をしてみた。ただここで使われていた日々草は手に入らなかったので、２ヶ月間は嫁さんの友達の薦めでメシマコブ（キノコ系、15年前はアガリクス全盛期だった）を主体に、足湯・風呂で体を温めるなど、その他にもやれる事は全て試した。しかし、２ヶ月後も腫瘍マーカーが上昇。ふと海老名先生の言われた「タヒボ茶もある」という言葉を思い出した。

タヒボ茶で腫瘍マーカー下がる

メシマコブに替えて、タヒボ茶を試してみたが、やはり2ヶ月後でも徐々にマーカーが上昇。そんなとき嫁さんが何を思ったのかタヒボ茶を今までの約2倍の濃さ（その前は1日8袋だったのを15袋にした。1箱に30袋入りで2万2千円なので、2日で1箱分を飲んだ）にして1ヶ月飲んだ処、マーカーが急に下がった。「やれば何とかなるんだ」と実感した。以後そのペースで飲んだ。マーカーは標準値の5以下まで下がり、BAK療法までの6ヶ月が何とか待てた。タヒボ茶以外、食事療法（肉・動物性脂肪及び塩分を抜く）、朝のにんじんリンゴジュース・びわのお灸。そして一日に数回の足湯と風呂で体を温めた。

ラジウム温泉の効能を知る

更に、その年の10月からラジウム温泉である「ローソク温泉（岐阜県中津川市）」に毎週通った。このローソク温泉は、中京高校の駅伝部（愛知県では駅伝の名門）に入っている三男の同級生のお母さんから聞いた。ここの駅伝部は土曜日にローソク温泉に行く。駅伝の選手が疲労回復に使うなら何らかの効果があるだろうと考えた。

行ってみると、私が効果を確認出来たほど良く効く。1回10分程度入っただけで汗がダラダラ出てくるし、その後休憩所で1時間眠りこけるほどだった。その日はもう1回入ったが同様で、帰りの運転も危なくなるほどの眠気が襲った。

しかし、明くる日は元気一杯で、筋肉も柔らかくなっており痛かった腰痛も治っていた。これは明らかに元気になると嫁さんにも聞くと「体調がいい」と言う。免疫力が上がると直感した。これ以後毎週土日のどちらかにローソク温泉に通った。片道１２０㎞。約３時間。往復６時間。それでも良くなると感じるなら行こうと思った。

抗ガン剤無しで半年間を乗り切れた

何とか抗ガン剤を使わないでガンの進行をくい止める方法として色々トライした。「求めよ、さらば与えられん」は聖書の言葉だが、そのとおり「求めれば何とかなる（何とか道は見つかる）」との感じを受けた。タヒボ茶・ローソク温泉（高濃度のラジウム温泉）・食事療法・体を温める足湯と風呂・びわのお灸・漢方（補注益湯を狙ったもの）他。

抗ガン剤を使わないで半年を凌げた事が後々の良い勉強になった。

「求めれば何とかなる」の教訓は大きかった。以後「何とかなる」の言葉は生きる上での人生訓となった。

ＢＡＫ療法開始

２週に１度の仙台往復・初期は日帰りだった。

「１月からＢＡＫ療法が出来ますので来てください」。免疫療法の海老名先生からの呼び出しの電話が来た時には、すでに６ヶ月が過ぎていた（２００３年の12月）。

しかし、これで「何とかなる」と非常に強い安堵感があった。

２人で仙台に向かった。１月の仙台は寒く、あちこちに雪が積もっていた。仙台市の南の名取市も同様で北国に来たと実感した。宮城県立ガンセンターへは、名取駅からバスで10分ほど。ＢＡＫ療法の採血は５分。20ccの血液を取る。この為に仙台に行く。２週間後に今度は、名取の武田医院（先生の親戚筋に当たる医院）で投与。約１時間の点滴で培養された液を血液に入れる。

朝早く家を出て、仙台に来て、採血又は投与の後、家に帰る日帰りコース。この療法の良いところは、「入院の必要が無い」点と「副作用がほとんど無く寝込む事が無い」点である。ただ投与後一時的に熱が出るが、うちの嫁さんの場合、ほとんど出なかった。その為、日帰りで仙台往復が出来た。

１クール目は結果出ず（酷い風邪をひいて免疫力が落ちた為か？）。１クール（４回投与を単位としているので、１クールは毎月１回投与で４ヶ月掛かる）が終わり、６月初め、ＣＴでガンの大きさを見ると少し大きくなっている。１回投与後の１ヶ月後（２回投与直前）腫瘍マーカーは更に下がっており免疫療法の効果はありと判断した。その後マーカーは調べなかった。

タヒボ茶もＢＡＫ療法開始後は通常の濃さ（８袋・これでもまだ濃い）に戻した。色々原因を考えたが、４回目の投与後、酷い風邪を引いた。喘息を持っており風邪を引くのは命取りに近いが、これでかなり免疫力が低下したとしか考えられなかった。

２クール目ピンポイント放射線併用。１㎝のガンが消滅。

海老名先生と相談し、２クール目を７月から始めた。同時に先生の著書に「この免疫療法の前に放射線をやった人はガンが消え易い」とあった。理由は、放射線でガンがかなり叩かれており、ガン自体が疲弊している為ではないかとの見解。又いつも参考にしていた増喜さんも前段階で放射線（途中中断されているが半分ほどは実施）をやっており、これが効いている可能性もあった。この2つの理由から放射線を併用することとした。ただ通常の放射線治療では肺のかなり広い範囲が放射線の照射を受ける為、ガンの部分のみの狙い打ちが出来ない。そこでネットで調べてみると京大で三次元体幹部放射線治療（肺の動きに同期させて、ガンを狙い打ちできる）があり、市民病院の先生に相談したところ、名古屋大学から外来で来ている放射線担当の先生が「名大付属病院も最近導入しておりピンポイントでの狙い打ちが出来る」とのこと。早速、名大付属病院に行った。やはり導入したばかりで6人目とのこと。4回の放射線照射実施。以後毎月経過観察。この照射でガンはほぼ消滅した。しかし照射跡が肺炎の様な炎症があり、この拡大の心配がある為、毎月経過観察をした。3ヶ月が経過し、炎症の拡大も無い為、経過観察終了となった。この時の担当の柳川先生は「これはいい方法でしょう。手術の様な体の負担も無い」と自慢されていた。

放射線照射後、免疫力が3割下がる

しかし、免疫療法の海老名先生は、「免疫力が下がっている。照射後免疫力が3割下がっており、引き続き免疫療法が必要」と3クール目に入った。2ヶ月間は免疫力が下がっていた。後で分かった事だが、この放射線照射で消滅させても半年から1年後には再発する人が多いと聞いた。取りあえずガンを叩く。しかし、直ぐ近く又は別の場所にガンが発生。ガンを発生させた根本の原因を取り除かない限り再発する。現在話題の陽子線治療も同様だと思う。

この点、嫁さんは免疫療法をずっと続け、様子を見た。理由は、ガンが消滅したが腫瘍マーカーが安定せず、なかなか標準値に内に戻らなかった為だった。

免疫療法続行。免疫療法の間隔とマーカー予測。

その為、免疫療法の間隔を空けることが出来なかった。通常は1年目は毎月投与。結果が良好であれば、2年目は2ヶ月に1回投与。3年目は3ヶ月に1度投与のペース。うちの嫁さんの場合、間隔を空けようとするとマーカーが上がり、月1回のペースに戻す。特に夏に向かってマーカーが上がる。このマーカーの数値の予測が必要だった。結果が出てから対策するのでは遅く、3ヶ月前に予測し対策を打つ。ガンの場合、数値が上がりだしたら、簡単に止めれない。その前に兆候を感じたら対策しなければ間に合わない。そこでマーカーを上げる要因と下げる要因を分け、どちらの要因が強いかでマーカーを予測する方法を考えた。

グラフの考え方

もしガンが拡がって来た場合は何もしていないと、急激に上がる（爆発的に上昇・指数関数的）と仮定した。上がり方が直線的は少し何かで抑えられている。更に上がり方が鈍って場合（傾きが緩やか・勾配が減る）は、何か効果ありとし、いずれ下がると判断。下がる時も同様、直線的に下がる場合は十分効果ありだが、傾きが緩くなった場合は要注意。

ＢＡＫ療法１年経過時には、ここで間隔を２ヶ月に１度に変更した（本当はここで対策を緩めてはいけない。逆に追加しなければいけない）。又反転して上昇する前兆であり、更に何か対策が必要と判断。マーカーが上昇しはじめて、初めてＢＡＫ療法の間隔を毎月にもどした。しかし、これでは遅い。

２年目、３年目、４年目と、夏になると上がり出す。最後には季節変動要因かと思った。

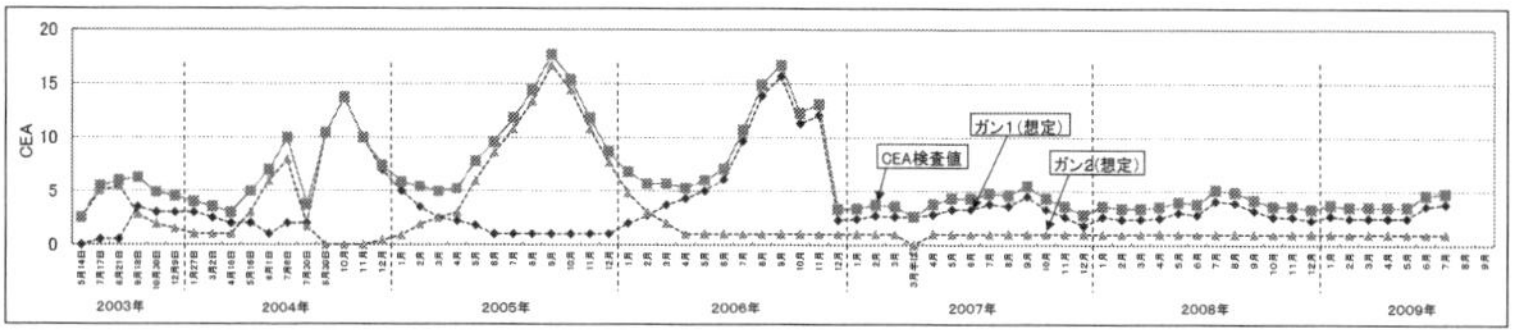

▲ CEA グラフ１（2003 年５月〜 2009 年７月）

夏は体力の消耗が大きく、「マーカーのＣＥＡはこの消耗を測っている様なもの」と考え始めていた。季節変動要因はあることはあるが、こんなに悪さはしていない（グラフの２００７年〜２００９年を見ると分かるが２〜３の幅）。何かあるなと思った。

マーカー不安定の原因

ところが４年目の秋以降、このマーカーがピタリと標準値（５）以下の２で安定し始めた。原因を色々考えたが、どうも１日２回から３回風呂で体を温めるが、その時の入浴剤が原因なのではと思った。以後入浴剤の替わりに塩を使った。ジェットバス（気泡が噴射）で入浴剤に入っている香り成分が狭い浴室に充満し、悪さをしていると考えた。ガンになる前から使っており、ガンになってからも延々とこの入浴剤を使ったが、最初は体を温める効果があり結果は出ていたと思う。しかし、香り成分を延々吸い込むことで、飽和状態になり、シックハウス症状と同じになったと考えるしかなかった。この為にＢＡＫ療法は、順調なら2年目からは2ヶ月で1回。3年目には3ヶ月で1回の投与間隔で良いのが、毎月投与した。この為、ＢＡＫ療法のお金をかなり無駄使いした様に思う。もっと早く気付いていれば、多分ＢＡＫ療法の回数が半分以下になったと思う。常に「何が原因か良く考える必要あり」と反省する事となった。

そして、このマーカーが安定した2007年4月以降ＢＡＫ療法も2ヶ月に1回とした。2008年も2ヶ月に1回のペースとした。ただその場合も三春の「やわらぎの湯」へは毎月通った。

ＢＡＫ療法の効果認められる

ＢＡＫ療法を始めて3年経過する頃には、市民病院の先生が、「肺ガンで3年も転移しない例は見たことが無い。やはり免疫療法が効いているのだろう」と免疫療法の良さを認めてくれた。以後他の患者にもこんな療法をしている人がいると紹介されていた。

三春の「やわらぎの湯」

話は戻るが、ＢＡＫ療法の1クール（4回投与を1クール単位としている）が終わる頃、仙台の日帰りがしんどくなって来た為、泊まる所を探した。出来ればラジウム温泉が良い（ローソク温泉で良さを実感している。免疫力が上がる効果があり毎週通っていた）為、ネットで探してみると福島県三春町の「やわらぎの湯」が出てきた。ラジウムの岩盤浴とはどういうものかは分からなかったが……。

しかし、その直後、週刊誌に「ドリフターズ」のいかりや長介氏がガンの療養に利用した場所として、この「やわらぎの湯」の岩盤浴場が写真入りで載った。又その記事には作詞家、作曲家でシンガーソングライターの小椋佳氏もここでガンの湯治をしたとあった。それでは1度行ってみようと、仙台の帰りに郡山で途中下車をし、盤越東線で二駅目の三春で降りた。タクシーに乗り、5分で「やわらぎの湯」に着いた。

上空にはヘリが飛んでいた。その日は、4月16日で、三春の桜が満開で桜祭りとのこと。岩盤浴をしたいと言ったら、「泊れる部屋が有ります。キャンセルが出た為、空いています」「有り難い」と泊まる事にした。この日は結婚記念日で、部屋で27回目の祝いをした。「来年は出来ないかも知れない。」と思いながら……。

初めて岩盤浴を体験。終わった後の清々しさが気持ち良い。

岩盤浴はラジウムが強い場所で10分間、弱い場所で30分間を「ござ」を敷いて寝ているだけ。但し、砂利に熱が通してあり、部屋全体が異常に熱い。今でこそ岩盤浴が一般的になったが、15年前は「岩盤浴」というものが分からなかった。屋内の岩盤浴は、この「やわらぎの湯」の社長さんが特許を出願しており、岩盤浴を広める為、特許権を取らないことで、現在の様に全国に普及したと聞く。

岩盤浴の後は非常に気持ちが良い。サウナと同様の清々しさ。それもそのはず、大量の汗をかく。この時に飲む水の中にもラジウムが含まれており、岩盤浴で受ける下からの天然のラジウム放射線と水から取り込むラジウムで免疫力が上がると思われる。初めてだったが、岩盤浴の良さを感じた。

又、この時は桜が満開で、三春は有名な「滝桜」がある（日本三大桜の1つで関東東北では有名だが、遠く離れた東海地方ではほとんど知らない）。

「滝桜を見て行け」とやわらぎの湯の社長さんに言われ、朝の岩盤浴（5時半開始）が終わり次第、1時間タクシーを借り切って廻った。

滝桜（三春の桜の番付で横綱格・紅枝垂れ樹齢は千年）・地蔵桜（同様に大関格・紅枝垂れ、滝桜の子、樹齢は4百年）とダムの桜を見た。滝桜にはこんな桜が有るのかと驚いた。紅垂れの淡いピンクが綺麗で今まで見たこともない大きな枝垂れ桜の木だった。地蔵桜は滝桜と比べ若い（通常では十分古いのだが）だけあって紅のピンクが濃く印象的だった。この時は「来年は見れないかも知れない」と思いながら見ていた。

これ以後、仙台往復時に初期は1～2泊。様子が分かり慣れた頃から3～4泊にした。月2回であり、又当時「やわらぎの湯」の予約もなかなか取り難い状況だった。それほどガンで困っている人が多いのだと感じた。

5年生存率0％（15年前）

確かにガンの場合、医者が見放したら何をしていいのか分からない。又、医者でも何をしたら治るのかが分からない。今はガンの初期段階（Ⅰ期、Ⅱ期）は手術で除去、必要であれば抗ガン剤。Ⅲ期、Ⅳ期の進行ガンは抗ガン剤。肺ガンでも特に腺ガンの場合Ⅲ期B、Ⅳ期は余命1年位。15年前も今もあまり変わっていないと思う。嫁さんの場合、手術で摘出した左肺下葉と反対側に転移が有り、この時点でⅢ期B又はⅣ期である。ネットで調べてみるとⅣ期は、「5年生存率0％」。

この数字を見てびっくりした。1年の生存率も50％以下。ここが統計データの恐ろしさでもある。こんなのを見ると絶望的になる。あくまでもデータであって、「今までの療法ではこの数字だ」と思い直した。

何とかこれを破る方法を考えようと決心した。それでなければ嫁さんは生きていない。いくら喧嘩をよくした相手とは言え、27年連れ添って子供3人を育てて来たパートナーである。突然居なくなるのは心の準備が出来ていない。三男は高校2年生になったばかりである。2年前に25年の銀婚式（何もしなかったが何とか別れずに迎えた）が終わったばかりでこの災難である。

ＢＡＫ療法を主にラジウム温泉と他で何とか5年クリア

2年目以降、ＢＡＫ療法をメイン療法とし、補助でラジウム温泉（①やわらぎの湯のラジウム岩盤浴・ラジウム含有水の大量飲料、②ローソク温泉‐日帰り・家から１２０㎞）、更にタヒボ茶の継続（免疫療法の補助）と最初の4年位は漢方（補注益湯・家で配合したものを煮出す）、更に朝のニンジンジュース、それに1日3回の入浴とその合間に足湯で体温を上げる。食事療法・びわのお灸とやれる事はやった。そして、何とか手術から5年をクリアした。

親父の面倒見とガン再発

5年の生存率０％をクリア出来た２００8年6月。マーカーは安定。ＣＴの結果も良好（ガンらしきものは無い）。これでもうガンは再発しないと思い込んだ。これで気が緩んだのか風呂の回数は2回になり、足湯も回数が減った。そんな中、8月に突然、私の親父の面倒を見る必要が出てきた。既に嫁さんの母親を同居で面倒見ている。幸い和室が一部屋空いている。ここに親父を入れ面倒を見ようと思ったが、嫁さんとお袋さん（嫁さんの母）が猛反対。特に嫁さんは吠えるように反対していた。

嫁さんは自分がガンを抱えて大変なのに、さらに1人面倒を見ることは無理だと。それでなくても自分の母親の面倒を見ている。「両親の片方が亡くなったら面倒を見る」というのが結婚時の約束であった。

結局、親父は町営住宅に入れることになった。ところが、直接町営住宅に入居できず、1ヶ月、民間の賃貸アパートに入ってからであった。引っ越しは私が行った。ただ、この間の事務手続きを嫁さんにやって貰ったが、かなり面倒で負担になった様だ。嫁さんの性格が細かい為、完全に理解しないと前に進めない。ところがこんな事務手続きなど聞きながら進めれば良い類のものだ。嫁さんはその加減が分からない。長い間専業主婦の為なのか、本人の性格なのか。

後で考えると私がもう少し休暇を取り、全てやれば良かったと反省している。又はその前の「親父を家に入れる」と言った事が心痛になったのか。あの「吠える様に反対していた」ことが印象に残っている（嫁さんは寅年・強の寅。私は子年で最初から勝負にならない）。この1、2ヶ月がかなり負担となったのが原因と思われるが、翌年（2009年）3

月のCT検査で「放射線で潰した所が何か膨らんで来た」と言われ、8月には、はっきり「再発」と告知された。ほぼ完治かと思っていたのが再発の宣告でショックが大きかった。

新型インフルエンザの為、月2回仙台を車で往復

この年（2009年）は、4月頃新型インフルエンザの流行で大騒ぎ。嫁さんも新幹線に乗りたく無いと言いだし、月2回車で仙台・三春を往復。1往復1700㎞。休暇もそんなに取れない為、2泊3日で仙台往復。1日1000㎞近く（愛知県の吉良町の家から仙台まで850㎞。BAK療法採血又は投与・その後宿泊場所の三春まで150㎞）走る場合も多々あった。

CTの結果だけで無く、隣に寝ていてもガンが進んだのが実感出来た。就寝時の喘息の痰の量が増えた。特に翌年（2010年）の3月には、このままでは危ない状態になると思えるほど痰の量が増えていた。CTでも3～5㎝ガンが大きくなっているとのこと。

この時は、さすがに私も深刻な状況だと思い、偶々会社を退社することになったので、嫁さんの面倒を見る覚悟を決めた。

7月のCT検査で更に大きくなったと言われ、今1度放射線にトライするしか方法はないと思い、放射線の先生に相談。前回（2004年）の時に局所にかなり強く放射線を当てているので、その部分には当てられない。そこを避けて当ててみる事にする。又通常の放射線治療は30回照射の為、免疫力を落とさない程度の6回照射をお願いした。

先生も「効果は期待しないでください」と言われたが、次の2ヶ月後のCT検査でガンが小さくなっていた。ガンが縮んだ感じで5㎝位だったのが3㎝位になった。確かに放射線終了後、あんなに酷かった痰がかなり減った為、効果は実感できた。この放射線照射で少し時間が稼げたと思う。やはりやってみるものだと思った。

免疫療法・ラジウム温泉・タヒボ茶等も全て継続しているが、それでも徐々に大きくなってくる。又、免疫療法も11月の投与の時には、今まで大した熱が出なかったが、急に寒気がしてかなり熱（38・3℃）が出るようになった。これ以後、投与の時も必ず付いて行くようになった。車で行く為、月2回仙台を往復。これだけで月間の走行距離は３４００㎞にもなった。

東日本大震災発生と1ヶ月後仙台へ

２０１１年3月11日午後2時50分頃。会社で仕事（退社後3ヶ月後に別部門に復帰）をしていると長い揺れ。あわててインターネットを見ると、東北で地震。本社のある東京でも震度5強の揺れ。東日本大震災だった。

仙台・名取は大変な被害を受けた。ただBAK療法のために免疫細胞を培養する施設は仙台の山の手にあり、地盤の強固なところの為、無傷だった様だ。電気・水道のインフラのみがストップ。これが復旧して培養ができる状態になるまで1ヶ月掛かった。1ヶ月後、先生からの呼び出しがあり、免疫療法が再開出来る事となった。

車で何とか先ずいつもの「三春やわらぎの湯」へ。ここは原発から50㎞圏内の45㎞位置だが、途中に８００~９００ｍ級の山が連なっている阿武隈山地があり、これが衝立の役割をして放射能を含む風を遮り、放射能濃度が比較的低い。福島市の放射能濃度の1／3程度。福島市は飯舘村の風が流れ込む地形で放射能濃度が高い。この放射能濃度の比較的高い福島市に国の災害復旧の事務局を置くのが理解出来なかった。

三春に泊まった日に強い地震に襲われた。仙台・震度6強、福島中通り・震度5強とテレビに出た。三春もかなり揺れて、飛び起き、あわてて部屋を飛び出た位である。ところが、この1ヶ月で地震慣れしていた関東の人に笑われた。

三春は震度4だった。中通りの郡山市震度5強、三春震度4。それほど三春は地盤が良く、周りの郡山市や須賀川市に比べ震度が1〜2違う。そう言えば高速を須賀川ICで降りて下道で三春に来たが、三春に近づくに連れて、屋根瓦の被害が小さい。須賀川市は特に酷い。又、須賀川市の手前の白河ICから須賀川ICの間の高速道路はかなりうねっており80㎞/hで走るのがやっとだった。

この地震で仙台は再度全域停電。先生に問い合わせると「昼頃には復旧するから採血に来てください」とのこと。仙台までの高速道路もうねりがありスピードは出せなかったが何とか到着した。電気は復旧しており、問題なく採血をし、三春に帰った。

三春の「やわらぎの湯」も当時は、原発の問題で窓を開ける事を禁止しており、洗濯物も半年は外に干さなかった。そんな環境でも免疫療法と「やわらぎの湯」の岩盤浴は欠かせない為、従来どおり、2週に1度のペースで仙台・三春に通い続けた。

それでも7月のCT検査で又ガンが大きくなって来ていると言われ、再度放射線の照射をお願いしたが、もう今度は難しいとの返事だった。以前照射した部位には照射出来ない為、照射出来る部位が無い。それでも頼み込み前回同様６回照射して貰った。結果は効果が無く、ガンは小さくならなかった。そして副作用の免疫力低下のみが残った。

ハイパーサーミアを併用

「何かいい方法はないか」と探していると、10月に「やわらぎの湯」に行った時、乳ガンがかなり良くなった話を聞いた嫁さんのガン友（ガンで知り合った友達）が、仙台の八乙女駅前小児科内科（以降、八乙女内科と呼ぶ）で治った様で、調べて欲しいと頼まれ、調べてみるとハイパーサーミアを使い、少量の抗ガン剤を使って治療。ハイパーサーミアは以前にも調べた事はあるが単独では著しい効果があるという話は無かった。しかし、抗ガン剤の増感作用（効きを良くする作用）を持たせる役割で使用。又関西方面では免疫療法とハイパーサーミアを組み合わせ、専門で療法を確立しているクリニックもある。

これはトライする価値ありと思い、免疫療法の海老名先生にも相談してみた。先生もあまり情報は持ち合わせが無い状態で、まだトライ段階だなと思った。しかし他に方法が無い為、トライしてみることにし、八乙女内科に行ってみた。しかし、まだ機械が１台しか無く、予約を入れられない。

「来年の1月後半に2台目が入り、そこからなら予約を受けられます」と言われた。1月後半では遅すぎると思い、仕方なく、愛知県で探してみた。だが、ハイパーサーミアの機械自体がほとんど無く、ましてや保険の利くところは無く、唯一ガン治療に使用出来るのは、1回3万円の「うらの温熱診療所」のみであった。だが、時間的に余裕が無い為、そこで始める事にした。そこは名古屋市守山区にあり、ローソク温泉の帰りにハイパーサーミアを受ける様にスケジュールを組んでやり始めた。12月の終わりだった。ハイパーサーミア施術後は非常に気持ちが良いと言っており効果が期待出来た。ここで数回受けているうち、仙台の八乙女内科でも2台目が入り、ハイパーサーミアを受けることが可能になった。免疫療法で仙台に行った時（月2回）は、八乙女内科で受けた。

ハイパーサーミアの本を色々読んでみると、免疫療法投与の1日前にハイパーサーミアを受けると免疫療法の効果を高めることが分かった。又1週間に2回受けると良いのも分かった。この原則を踏まえ仙台と愛知県でハイパーサーミアを受けるスケジュールを組んだ。又2月は免疫療法を2回投与のスケジュールも組んだ。すると3月のＣＴの結果、ガンが大根の巣が入った様な状態となり明らかに減少効果があった。今まで、これだけの効果は目に見えて分かるものがなかった。

【註】ハイパーサーミア（温熱治療）とは：ガン細胞が正常な細胞より温まりやすく、熱に弱いことを利用した治療で別名「温熱治療」とも呼ばれる。ガンを熱により温めることで、周辺組織（血管）等は拡張し血流が増え、その結果温度が下がるが、ガンは反対に血流が増えないため温度が上がり、結果として壊れる。「サーモトロン-ＲＦ８」は、高周波ハイパーサーミア装置として、世界で初めて正式に認められた。

このペースで行けばガンが消滅すると思い、４月から６月も同じパターンで免疫療法とハイパーサーミアを組み合わせたが、今度は前回の様な効果は得られなかった。

３月半ばから１ヶ月間、酷い風邪を引き免疫力を大きく落としたのも一因。それでも少し小さくなるかと思っていたがほぼ前回と同じだった。逆に体重が５kgも落ちて、痩せてしまった。何が違うのか。

12月後半から２月末は１回３万円のうらの温熱診療所でハイパーサーミアを実施。ここは最大負荷のワット数を１２００Ｗ（ワット）と決めていた。これ以上は患者の消耗が大きく効果が少ない為、ここではこれ以上負荷をかけない方針と、往診の先生の説明があった。３月以降は仙台と大阪でハイパーサーミアを受けたが共に掛けられる最大ワットを実施する方針だった。多分ここが違うと思い、以後は最大負荷のワット数を１２００Ｗとして貰った経緯がある。どうも負荷の掛け方の方針が各施術者（施術医院）で異なるところが有り、どのような目的でこれを利用するかを良く考える必要があると思った。

今回は免疫療法の補助として、免疫力を上げる増感作用として利用。その為、必要以上に負荷を掛ける必要は無く、うらの温熱診療所の１２００Ｗまでの制限で良かったと判断。この辺の数値は今後明確に成ると思う。

背中にガンが出て来た（転移）

やはりガンを消すのは難しいと思い知った。7～9月はハイパーサーミアの回数を減らし体力回復を図った。10月から再度同じパターンで免疫療法とハイパーサーミアを組み合わせて実施していたが、11月の終わりに突然背中の肩胛骨付近に「ぐりぐり状のもの」が出来、どうもガンの転移みたいと聞かされた。外科の手術で切除。一件落着したが、何故転移したのか疑問は残った。免疫療法が効かなくなったのか、ハイパーサーミアで同じ部位を叩く為、ガンが生き延びようと転移したのか？

しかし2ヶ月後、又同じ場所に再度ぐりぐりが出来、今度は外科の手術は難しく（肉に張り付いていて動かない為）放射線で叩くこととした。約30回の放射線照射でこの部分は消滅。３月初め、放射線の先生からは「この部位に関しては、もう心配いりませんよ」と言われた。しかし、この外部に出た転移ガンばかり目が奪われて内部の肺のガンを忘れていた。そう言えば嫁さんが放射線の最後の頃（2月末）病院の駐車場から診察室まで行くのが異常に「しんどい」と言っていた。胸の辺りが締め付けられる様なしんどさだと。

嫁さんの母親の死

しかし、それも忘れる様な事が起きた。嫁さんの母親が入院していて、３月初めに見に行った時は、ほぼ回復し、元の入居場所に戻れると思っていたが、次に見に行った時は様子がおかしく「あれっ」と思った。その3日後には亡くなった。認知症がかなり進んでおり、私など半年以上前から認識されていなかった。自分の娘であるうちの嫁さんと養子とした我が家の長男のみが辛うじて認識出来る位だった。ガンの嫁さんが母親の面倒をみる事に限界があり、２年前に施設に入れた。２年間の施設暮らしだった。認知症の人は施設に入ると症状がどんどん進む感じがした。今問題になってる認知症の対応、又今話題の特養など認知症の進行を早めるように感じる。高級な施設の特養など決して羨ましくは無い。

反対にうちの親父の様に最後まで1人で生活し、自立していた方が呆けないようだ。親父もこの半年前に90才で亡くなっていたが、半年の間、若干入退院を繰り返したが、ほとんど寝込まずだった。親父の生き方で老後の生き方（最後まで自分に出来る仕事をすること）を教えられた気がした。

話がそれたが、予期せぬ自分の母親の死で精神的ショックと通夜及び葬式でかなりの負担があった様に感じた。葬式の時の参列者の焼香時に立っておれなく、椅子に座って挨拶をしていた。体力が無くなっていたのだ。

11月、12月とも月2回免疫療法を投与したので、1月以降月1回の投与に戻していた。1月のCTの結果で徐々にガンが大きくなってると話があった。何か良い方法（陽子線も検討していたが放射線を過去にした人は対象外だった）を探していた。結局、最後は詰将棋の様に段々方法が無くなる。今までやっていることを最大限活用するしかないと悟った。BAK療法をメインにするこの方法でこの5月末で10年経過する。親父のトラブルがなければ5年経過後、免疫療法の回数も半分か１／３の回数で済んだのにと思いながら……これはその人の運命と言うしかない。

そうこうしているうちに、１月末の転移ガンの再発（背中のぐりぐり）、更に母親の死に目を奪われて、体内の肺ガンの状態を完全に忘れていた。

ガンが肺に拡がる

４月のＣＴの結果で先生が「拡がってしまったなあ」と溜息混じりで言われたのを覚えてる。この意味する処を良く理解出来ていなかった。どうも後で考えると「この状態だと後１～２ヶ月の命かも知れない」との意味だったのか。

ガンは結果が出てからでは取り返しがつかない。出る前に予測して対応（対策）をしないと間に合わない。10年経過を目の前にこの予測を忘れていた。油断である。

しかし、嫁さんはこの結果にピンと来ていた。例の霊感である。家を新築して半年後、和室が物置状態になっていた。しかし、ある時突然嫁さんが片付けてきれいにした。この一週間後、嫁さんの実家が火事になり、嫁さんの親父さんが死亡。その和室で親父さんの通夜をすることになった。以後、嫁さんは霊感ありと思った。病院から帰って来てから「大泣きした」と会社から帰って来た私に何気なく言った。しかし、私はピンと来ていなかったので「普段やるべき事をやっていればこの結果にならなかった」と冷たく答えた。嫁さんの言っている意味を理解しなかった。ただ本人は「自分が死ぬかも知れない」とその恐怖で大泣きしたのかも知れない。だが、以後この「大泣き」に関しては一言も言わなかった。この時点で挽回策を取ればもう少し長生きしたかもしれない。「やわらぎの湯」の宿泊数を1日増やした程度だった。会社を休んで2週間位宿泊すれば少しは変わったかもしれない。しかし、そこまで切羽詰まっているとは思わなかった。本人も体の消耗が激しいから4泊で良いと言った。この時、既に体力が無くなっていた。

それは次の仙台二春行きで（4月2回目・連休前に）投与を済ませ、「やわらぎの湯」に着いた途端、倒れそうになり車椅子に乗せられた。あれっと思ったが「長距離の車での移動で疲れが出たか」と思う程度で、一時的なものと思っていた。本人もそのうち元気になり車椅子も不要となった為、あまり深く考えなかった。帰りも600㎞を直行で帰るのは体力的に無理がある為、途中長野の駒ヶ根で泊まり、明くる日、いつも行くローソク温泉（岐阜県中津川市）に入って帰った。この時も何故もっと「やわらぎの湯」に泊まらなかったのか後で反省した。次の予定が有った。私の免許証の更新・夏野菜の植え付け・サツマイモの植え付け。今考えるとこれらは後回しにしても良かった。ただ、その時、嫁さんのこの状態は〝危険〟だという認識がなかったのが原因。

在宅酸素導入と検査入院

仙台・三春から帰ってきて、西尾市民病院に行った時、先生から「在宅酸素をやるか」と言われ、意味が分からなかった。後日「どうも苦しそうなのでそろそろ酸素吸入が必要かもしれない。早めに手配するか」の意味と分かった。

家に在宅酸素の機械が入ってきて最初は使わなかったが「使うと体が楽だ」と言うことで2週間目から使い出した。そのうちに先生から検査の為に入院せよとの指示があり5日間入院。偶々三男が3日間の休暇対応が出来、昼間付き添って貰った。嫁さんが心配していた三男の成長ぶりに「良く間に合う」と私に言った。そうだろう。

我が家は技術屋家系で人に対する気配りが無い。三男は文系で「気配りが無いと生きていけない世界」の違いだろうか。嫁さんが珍しく褒めた。少し安堵したのだろう。大学卒業後、上京。苦労しており、心配の種だった。

病院では酸素吸入主体となり、ベッドに1日中おり、動かない。あまり良くないなと思いながら、次の仙台・三春行きがあり退院させて貰った。

ラストラン　仙台・三春行き

仙台・三春行きも今度が最後になるかもしれないと思いながら、車椅子、酸素ボンベ6本、宿泊場所の酸素機械搬入の手続きを取り、何とか仙台・三春に向かった。車椅子のためトイレが限られており、高速道路のみのコースで行った（いつもは下道も交え最短距離のコース）、しかしそれでも仙台のハイパーサーミアの予約時間の午後3時より1時間遅れた。原因は車椅子でのトイレ使用に時間が掛かったため。ハイパーサーミア受診後もいつもの喘息の吸入の措置をして貰って宿泊のホテルに向かった。いつもの病院の近くの泉インターのホテルではなく、離れた長町のホテルだった。帰宅の通勤時間帯のため渋滞があり、病院から通常なら30分のところが1時間掛かった。着いたのは午後7時過ぎ。しんどかった様で暫く動かなかった。朝、家を3時に出て来て、夕方7時ホテル着。16時間。

それでも腹が減ってきた（途中あまり食べていなかった。栃木県の出流原ＰＡで焼きそばとたこ焼きを買った程度）ので食事に行った。カレーを頼んだ。ここのカレーは上田カレーと名前がついており発祥の地のカレーライスとのこと。以前泊まった時に食べたことがあり、非常に美味しく、嫁さんにも食べさせたかったカレーだった。

「美味しいね」と満足した様子だった。食事後、風呂を勧めたがなかなか入らなかった。体力的にしんどかったかもしれなかった。12時間（愛知県の吉良町から仙台の八乙女）車に乗り、ハイパーサーミア1時間（体力の消耗あり）。更に1時間車移動。病人で無くてもしんどいかもしれない。何とか風呂に入り、眠りに着いた。一晩寝るとホテルの空気が乾燥していたのか、喘息があまり調子が良くなく、「八乙女内科で吸入をやりたい」と言い出した。八乙女内科でレントゲンを撮ってみると、肺が真っ白になっており、「肺炎の可能性あるから何処か入院したら」と言われた。

しかし、ここで入院は困ると喘息の吸入の処置（気管枝拡張）だけして貰い免疫療法の投与に向かった。１時間の投与後、宿泊先の「やわらぎの湯（福島県三春町）」に向かった。三春に着いた時に「三春病院に行きたい」と言い、八乙女内科の検査結果を出して同様の処置をして貰った。「やわらぎの湯」には、夕食前に着いたため、食事を先にし、その後岩盤浴、展望風呂と一連のコースを終えた。

明くる朝も岩盤浴を少しやり、朝食後、「三春病院に行きたい」と言うので、病院へ向かった。その日は夕方までそこで点滴。夕方、夕食前に「やわらぎの湯」に戻り、岩盤浴、風呂と何とか一連のコースをやった。翌日は帰る日だった為、朝の岩盤浴、食事をしたが、帰り支度が自分では出来なく、「やわらぎの湯」での古いつきあいの人に手伝って貰い、何とか出発した。しかし、やはり「三春病院で吸入をやりたい」と言いだした。多分今から10時間近く車に乗るのに自信が無かったかもしれない。三春病院で吸入をした。これで3日とも三春病院に来たことになる。三春病院を出たのが12時少し前。高速を東北道の須賀川ＩＣから乗るため、「やわらぎの湯」の前の道を通った。カラオケ仲間のＫさん達に会った。これが嫁さんにとって最後の出会いになるとは……。２人とも非常にいい顔だったのが印象的だった。

高速代をケチる為20時以降に高速を出る予定だったが、それを1時間上回り、十分遅くなった。自宅には22時着。三春病院出発から10時間掛かった。

入院そして余命宣告10日

帰って来て、即入院かと思ったら自宅療養で良いとのこと。ただ毎日吸入をするために病院へは通った。２週間過ぎて6月2日にやはり吸入に行った。ところが嫁さんが急に入院したいと言いだした。自宅療養がしんどくなって来たのか。

しかし日曜日だった為、「明日主治医に診て貰ってから」と言って帰された。この夜は、おかしな事が起きた。夜中に嫁さんに起こされた。

「携帯で自分の写真を撮っている夢を見る。又寝ても同じ夢を見る。何度も何度も同じ夢を見る」と。この時は分からなかったが、後日、嫁さんが亡くなった時に遺影にする写真を探したいきさつがある。嫁さんの霊感。しかし本人にも意味が分からなかった。

明くる日、入院の準備をして市民病院へ行った。入院の日の夜、先生に呼ばれ、「余命10日位です」と言われビックリ。ただ嫁さんには直接言えなかった。仕方なく「いい人生だったね」と言ったら、何か感じた様子で「いい人生だった」と納得してくれた。これがせめてもの救いだった。

この会話をして、安心して寝たが、予想外の事が起きた。睡眠導入剤を固形から粉末に替えた為か、寝込み過ぎ、痰が絡んでも起きなかった。いつもは本人が目を覚まし、痰を出していた。眠りに着いて1時間後、何かガーガー言うので目が醒めると嫁さんの寝息。それもおかしい。手も青白くなっていたのであわてて看護師を呼んだ。血液の酸素濃度が50％で酸欠状態。看護師4人が必死の回復作業で何とか正常に戻った。しかし翌朝、8時になっても目を覚まさない。仕方なく、体を揺すって起こすと「お父さん、目が見えない」と言う。酸欠状態がどれだけ続いただろうか。障害が起きている。入院した安心感、睡眠導入剤を固形から粉末にした時の効き方の差を考えていなかった。この時、付き添いで隣に寝ていたから気が付いたが、居なかったそのまま永眠だったかもしれない。目が見えないが言葉はしゃべれた。昼頃になって、何か意識が遠のく感じがあり、3人の息子を急遽呼んだ。夕方には全員揃い、母の声は聞くことが出来た。同時に友達3人と親族も呼んだ。会話は出来た。

しかし、先生が今夜から徐々に薬を効かせる（肺ガンは苦しんで死ね為、苦しまない為の処置）と聞き、看護師さんも「8時間たったら意識が回復しますよ」と点滴を入れた。ところが次の日になっても意識が戻らない。こちらの言うことは聞こえているようだが、しゃべれない。

先生もあわてて来て「おかしいな」と思いながら元には戻らない。更にその夜には、先生から「今夜あたりが危ない」と言われ、家族全員で看病していたが午前４時まで何とか維持していたが、その後あっという間にあらゆる数値が下がり６時には死亡。入院４日目で亡くなった。

あまりに急だったため精神的に切り換えが出来なかった（後で４時から６時は引き潮で「人が死ね時は引き潮」と葬儀屋の霊柩車の中で聞いた）。


人が死ぬというのはこんなものなのか。そう言えば、両親の死に目に立ちあっていなかった。母は喘息で入院中、痰を詰まらせ死亡。これも突然。親父は仙台・三春に行っている最中、危篤の電話があったが、持ち直したとの電話があり、直ぐに帰らなかった。ところがその直後に死亡。ただ親父には仙台に行く前に話をした。入院中のベッドで「よく生きたのう」と三河弁で話かけると「うん」と納得した。これが最後の会話だった。親父の人生を褒めた。息子から褒められる父親は幸せだと思う。

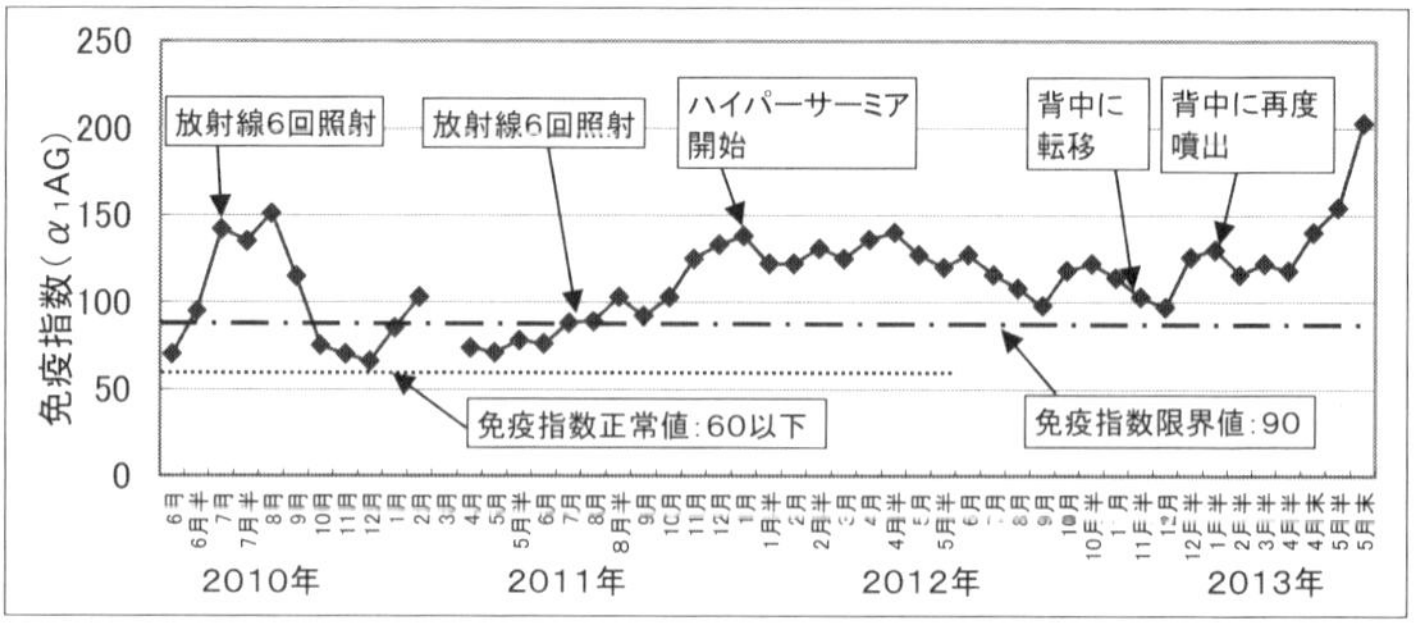

▲免疫指数グラフ

ガン進行に気づけなかった反省

しかし、何故急に嫁さんは亡くなったのか。原因を考えていた。困った時はいつも海老名先生の本を読んでみる事にしている。読んでみると、ＢＡＫ療法で採血時に調べる免疫指数（正常は60付近まで）が90以上になると半年位で死亡のデータがあった。これは非常に重要な指数。この療法から出てきた経験値だと思う。これで余命の判断が付く。

そう言えば２０１１年の８月の放射線照射後の２ヶ月後からずっとこの数値が90を超えている。90を超えて１年７ヶ月。しかしこの数値をもっと意識しないといけなかった。「90以下になると良い」がと思ったが、真剣に下げる努力をしていない。事実これ以後一度も90以下になっていない。上記、グラフ参照。

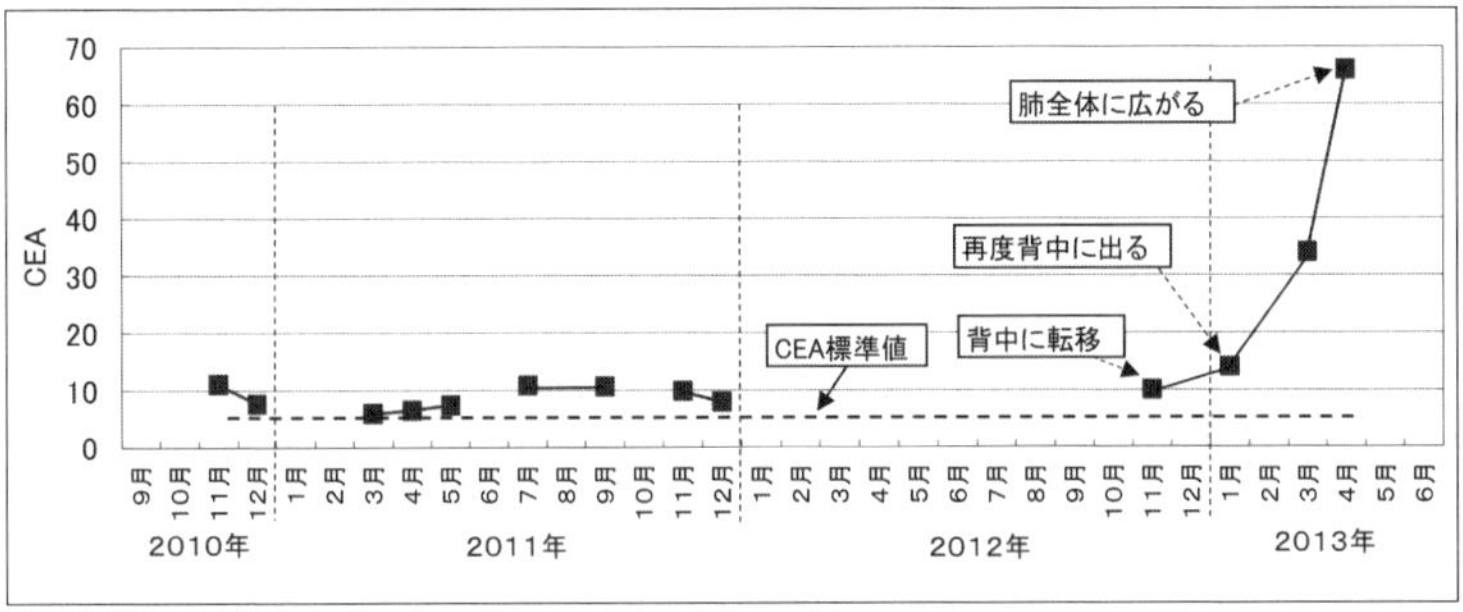

▲ CEA グラフ２（2010 年９月～ 2013 年５月）

免疫療法は免疫力が正常で初めて効果がある。この基本を忘れている。２０１１年7月以降90を越えており、この時点で90以下にする必死の努力が必要だった。安易に再度放射線照射を選び、効果も無く免疫力を更に落とした。後で考えると、ここでの間違いが大きい。又、腫瘍マーカーであるＣＥＡもあまり数値が出ない（標準は5以下）ので、いつの間にか検査を止めていたが、これも気が付いた時には10を超えていた（２０１２年11月以降）。ＣＥＡグラフ参照。

これも毎月検査し、チェックすべきだった。ガンで10年近く生きていると、「私は死なない。大丈夫」という変な自信が出てくる。私も油断をしていて、あとはお金の調達の問題と、如何に低コストで現状維持し長生きさせるかに神経が行っていた。目の前の危機に気が付かなかった。更に最後の警告は背中の転移だったと思う。２０１２年11月末。それから6ヶ月で死亡。免疫療法をしているのに転移。これは何か起きてる。免疫療法が効く限界を超えてガンが大きくなったのか、ハイパーサーミアをやりすぎでガンが転移したのかと深く考えなかった。取りあえず背中の転移ガンであるぐりぐりを手術で取った。あとで考えると1月のCT結果で反対側の肺に小さい転移があった。この時点で方法を考えるべきだった。いよいよ免疫療法が効かなくなっていたのだ。免疫力が低下していて、免疫療法が効くわけが無い。効いたとしても正常の時の半分以下。

しかし、背中の転移のぐりぐりと右肺のガンの大きさだけを見ていた。免疫療法は11月、12月とも月2回の投与を行い、これ以上は出来ないほどは実施していた。しかし、翌年1月〜4月は月1回の投与に戻した。4月のCT結果で5月から月2回の投与にしたが、間に合わない。ここで対応が3ヶ月遅れている。又転移した理由の1つが、ハイパーサーミアで同じ場所を叩き過ぎたことが考えられるが、これはあくまで推定。

ガンが生き延びようと転移をする（安保先生の『ガンは自分で治せる』より）、ハイパーサーミアをやりすぎで体力低下に因る免疫力低下による転移。しかしこれは免疫指数で見てみるとハイパーサーミアを受けた回数が多いほど免疫指数は良くなる。ハイパーサーミアは免疫力を上げる方向。しかし急激にハイパーサーミアを過度にやると痩せていく。トータルで考えると様子を見ながら１クールを決め集中的に実施。その後は３ヶ月体力回復をはかる為週１回程度実施か、又は休む。

免疫指数を90以下にすることが出来るのか？　今考えると「やわらぎの湯」への宿泊数を増やせば良かった。私の仕事もありトータルで３泊４日。投与の前日にハイパーサーミアを実施するのが免疫療法の効果を高める為、投与の時は最初仙台で泊まった。その分、１泊減ることになり、長年の３泊のパターンを崩した。前日にハイパーサーミア受診にこだわらず「当日の午前中でも良かったのではないか」と今になって思う。そうすれば「やわらぎの湯」への投宿は３泊となる。家での足湯、風呂等で体を温め、免疫力を上げる、又ローソク温泉の回数を増やす等で10年近く闘ってきた経験で何とかなったのではと思う。背中への転移が起こる前の頃、この指数が90近くになった。ただ転移が見つかり手術、再度ガンが出てきて放射線照射と免疫力を下げる方向だった。それよりも最大の敵は、10年近く生きたから「死なない」と言う油断だった。足湯も疎かになり、風呂も１日３回入らなかった。

ハイパーサーミア併用で1年延命か？

しかし、今一度良く考えると、海老名先生の本の「免疫指数が90以上では半年で亡くなる。」との記述。この事を考えれば、1年7ヶ月で1年以上の延命になっている。特にハイパーサーミアと免疫療法を組み合わせて3ヶ月後の2012年3月のCTの結果で、ガンが「大根に巣が入った状態」になったのが1年延命の理由だと思う。今までこれほど効果のあった治療法は無かった。しかし、この方法も次の3ヶ月は十分な効果が出なかった。

関西ではこの方面のノウハウを積んで宣伝しているクリニックがある。但し、かなり高額になりそう。2012年はハイパーサーミアと免疫療法の組み合わせの勉強をしてしまった。2013年初め、陽子線にトライしようと調べてみると、以前に放射線照射した人は不可とあった。ただ、「やわらぎの湯」で何度も何度も陽子線をやっている人がいた。おかしいなと思いながらもそれ以上聞かなかった。

1月のCTの結果が出た時点で動けば良かった。ただ死の危機が迫っているとは考えていなかった。反省点は色々ある。しかし、その時点では最善を尽くしたつもりだし、後での反省。10年近く生きていたことが最大の油断を招いた。ガンでは死なない（特に最近助かる例も出てきたので。15年前はガンは即、死と結び付いていた)。

しかし、今でもガンの種類とガンのステージⅢ、Ⅳ期はまだガンは死に直面している。この点を忘れていた。「ガン＝死」を忘れさせるだけ、このＢＡＫ療法と言う免疫療法は、その意味で良い療法であると思う。又補助で使用したラジウム温泉。特に「やわらぎの湯」の岩盤浴を含むトータルシステム（多分大量にラジウムを含む水を飲むのもかなり効いていると思う)、ローソク温泉も日帰りで利用した。更に、ハイパーサーミアの使用法も今一度検討が必要。愛知県の病院でガン治療の為に使用できるハイパーサーミアは無い。唯一あるのは「うらの温熱診療所」というハイパーサーミアを専門にやる施設。ただ１回３万円。健康保険が使えないが、ガン保険に入っている人は保険内で使用可。ここでも初期に13回使用。その後、仙台を主に大阪でもハイパーサーミアを受けた。健康保険を使える範囲で利用すれば、ガン治療としては安いと思う。

お金の話

治療法と同時に非常に大切なのがお金の調達。これも治療法に絡むが、前述したガンの闘病記の本を読んだら、「2年目でお金が底をついた」とあった。確かにそうである。1年目は助かる為に何でもトライする、そのためお金に糸目はつけない。その結果、大金を使ってしまう。2年目も生きられる保証が無いのが原因。1年目をクリアすると少し方法が分かるが、それでも生きられる保証が無いため、やはりお金をつぎ込む。気が付いたら1200万円を使っており、貯金が無くなっていた（ここまでは前回記述）。

しかし、お金の面でも運が良かった。私が現役で働いており、会社が倒産の危機（通常の会社なら3回ぐらい倒産？）に遭いながら何とか存続。お金がピンチになった時は、定年退職で退職金が入り、何とか凌いだ。更にお金で運が良かったのは、家の公庫のローン、車のローンも終わっていた。

その後もシニア（嘱託の様な立場）で働き、何とか凌ぐ。しかし、良く家計の収支を見ると年200万円ずつ貯金が減っていた。やはり霞を食って生きているわけでは無かった。2013年の1月時点で貯金が200万円しかなく、私が働いていても1年しか持たない状況だった。更に5月以降は65才で雇い止めの原則があり、完全にお金の面でもピンチだった。これまでどおりの治療法が出来ない。

「ガンはお金の切れ目が命の切れ目」と嫁さんには何度も話していた。しかし、嫁さんは

「何とかなる」（後で分かったが株をかなり持っていた）と言って、あまり気にしていなかった。「お父さんがしっかり働けばいい」と強い口調で遠慮なく言った。そうだ。どこでも働けばいい。

しかし、今思うことは立場が逆の場合、私がガンで嫁さんが正常の場合、1～2年でお金が途切れてしまっただろうと思う。

再度お金の話。ローンは避ける。

ガンになって3年目の時、車が故障（17万km走行・ATトラブル）。ローンを避けたい為、中古車を購入（8万km走行。前の車のターボ版・リゾートトランサーGT・別名シャリオEVO）25万円だった。我が社（三菱自動車）の車はここから10万km走れる為、購入。一般の人が避ける10万km近い車が逆に狙い目。購入後、知り合いの販売店で、納得いくまで点検修理。それでも10万円は超えない。会社には、「この車に乗ってみたかった」と言い訳するしかないと覚悟を決めた。これは事実で、この車のエンジンはランサーエボリューションIと同じエンジンを積んでおり、私は「シャリオEVO」と名付けて納得して乗っていた（自動車会社の為、新車を買うの当たり前だった。特に管理職など中古を買う事は許されない)。

狙いどおり良く走る。今までは、高速でベンツ、ＢＭＷに追われた。最初はなぜ追われるのか分からなかった。しかし名もないシャリオ4ＷＤ(フルタイム4ＷＤの為、高速走行で非常に安定性が良い)にすっと抜かれるとやはり「彼等のプライドが許さない」と理解した(約15年前でベンツ、ＢＭＷが珍しい時代、又ガソリンも110円と安かった)。

今度はシャリオＥＶＯで、ベンツ、ＢＭＷを追いかけた。フルタイム4ＷＤは高速走行には非常にいい。しかし、ガソリン価格が上がって来た2007年頃、息子用にコルトプラスＲＸを買った。これが燃費が良く、シャリオＥＶＯで仙台1往復するガソリン代があれば、コルトプラスだと2往復できる。そこで雪の降る冬場だけシャリオＥＶＯにし、あとはコルトプラスにした。このコルトプラスは2013年6月までで23万2千㎞走った。

基本はローンを抱えないこと。コルトプラスは定年退職の時に退職金から一括天引き(100万円)された。

しかし、10年間で約6千万円近く使い、如何に払えたかは、別途考えることにする(折を見て本を出したい)。

ＢＡＫ療法を紹介

メインの療法としたＢＡＫ療法だが、他の人にはこんな良い療法がありますと紹介はするが、強くは勧めない。その理由は各家庭で経済的事情が異なるし、続けないと意味が無いからだ。

それでも「やわらぎの湯」で何年も生きている為（抗ガン剤をやっている人は途中で居なくなってしまう）、教えて欲しいと言う人がかなりいたので、紹介した。関東・東北の人は、仙台に通う為の交通費が愛知県からの半分以下だし、ましてや家が仙台周辺の場合、免疫療法のお金のみになり、かなり安上がりになる。「やわらぎの湯」でⅢ期、Ⅳ期でもガンが拡がっていない人には紹介している。最大の利点は入院しなくても良く、副作用が無いため、元気に暮らせるのが良い。又ガンの種類、ガンの進行度、更に切迫度もあり、自分で選ぶしかないのである。

「やわらぎの湯」で長生きしている人

しかし、「やわらぎの湯」では「抗ガン剤を使用している人は、3年周期で人が入れ替わっている様な気がする。抗ガン剤でほとんどやられている」と話している。我々夫婦は9年通って、3廻りの交替劇を見ている。これが現在のガン治療の実体だと思う。「やわらぎの湯」にずっと通っている人は、この抗ガン剤使用を如何に早く切り抜けたか、又は中断した人が残っている様な気がする。現在、抗ガン剤使用中の人は、抗ガン剤の副作用を軽減し体力回復の為に来ている。

ガン治療は、「ガンを治す速さ」と「ガンの進む速さ」の勝負であり、治療にはこれしか無いと言われて抗ガン剤を使う。しかし副作用が酷く、場合に因っては体力も奪う。その体力回復を「やわらぎの湯」でやっている様な気がする。

長生き出来た理由、サポート時間が取れた。

嫁さんがガンになった時、私が55才。偶々新聞で「ある銀行の頭取が、妻の看病の為、頭取を辞任。今後も妻の介護をする」という記事を見て、こんな人もいるんだと思った。

何かの縁で結ばれた嫁さん（本人曰く、赤い糸で結ばれた）、「やれることは、やってやろう」と決意した。

特に余命1年では、否が応でもそうせざるを得ない。病院も全て付き添って行き、先生から症状を聞き、一緒に考えた。ガンの場合、本人はおろおろするだけで考えられないものだ。パートナーが考えるしかない。ガンの場合は、特にパートナーが考えることが必要。本人は「死」しか頭に無く正常な状態を失う場合が多い。うちの嫁さんの場合でも、ガン告知から泣きわめいており、このままでは手術が出来ないと思い、友達に来てもらい、なだめて貰ったほどだった。こんな時は、女性の結束は強い。男は自分1人で耐えるしかないが……。

手術を終えて、傷が治るまでの2週間個室に居たが、毎日そこで泊まり、そこから会社に通った。毎日、本を読み何か方法は無いか探した。そんな時、出会ったのが、安保先生の本『ガンは自分で治せる』の中で紹介されたＢＡＫ療法だった。前にも書いたが見舞金はガン治療関連本に代えた。見舞金で美味しい果物を食べてもガンの延命にならない。「如何に生きれる方法を探す事」がガンの場合の見舞金の意味だと考えた。

ＢＡＫ療法を担当医に見せると、「直ぐに予約に行って来い」と言われた。通常の病院ではこうは行かないだろう。「そんなもの効くものか」で終わってしまう。その意味では良い先生に巡り会ったと思う。これも運だと思う。

三春の「やわらぎの湯」で聞く話は「世間で言われる超一流の病院ほど対応が酷い。世間的権威が無い田舎の市民病院の先生が一番進んでいる」とのこと、他のガン患者の話を聞いて初めて分かった。多分権威では無く「如何に患者を治すか」というガンとの闘いの一点で医療に取り組んでいるのだろうと思われる。技術屋の私と同じである。

当時（15年前）は、ガン患者1人当たり、抗ガン剤等その他で600万円を病院は見込んでいると言われていた。しかし抗ガン剤を拒否して、免疫療法を選んだ為、この市民病院には抗ガン剤では貢献しなかったが、10年生きた為、検査（毎月マーカー検査、3ヶ月に1回CT検査）・放射線照射で市民病院には600万円分（個人負担200万円）は払ったと思う。その意味で先生の顔は立ったと思う。通常1年（2年目は生きていない）で600万円だが、10年掛けて600万円。

やはりガンになってはいけない。ガン予防を徹底しないと。

ガン予防（嫁さんを見ていて感じたこと）の６ヶ条

（１）目標を持って毎日生きること。
（２）ストレスを抱え込まないこと。
（３）環境が悪い場合は対策すること。
（４）食べ物は偏らないこと。
（５）十分な睡眠を取ること。
（６）定期的に体の疲れを取ること。

嫁さんの目標は「少しでも長生きして、ガン患者に勇気をあげること」だった。自分が味わった絶望感。そこから少しづつ生きる望みを見つけ、模索しながら10年生きられたのは非常に大きい。私自身、嫁さんがこんなに生きるとは思わず、必死の10年だった気がする。生きられる方法を模索するのと、お金の工面（これは嫁さんの担当だったが）。その元になる働き口。いずれにしても何とか続いて来れたのが、やはり神様・仏様の加護があったのかもしれない。

そんなことを思わせる一例。２０１０年４月、会社の不調で開発部門のシニアを退職

（再契約しない）。しかし、３ヶ月後に別部門からアルバイトの誘い。その仕事は2年前の仕事で、結果が悪く半分自分の責任も有り、そのアルバイトを受けた。その後、その仕事を3年半続けた。これなど、運がいいの一言だ（この時一緒に退職・再契約出来なかった他のシニアはほとんど戻れていない）。これが無ければ経済的に行き詰まったと思う。その意味でも感謝。又、復帰の時に週3日勤務をお願いしたが、仕事上フルタイム（週5日）。その代わり2週に1回の仙台行きに木・金休暇取得は任意と了解を得た。これでかなり自由に行くことが出来た。しかし、日給制の為、休んだ分は給料が減った。それでも自由度があり、有り難かった。月2回3泊4日の治療と湯治（ＢＡＫ療法と「やわらぎの湯」での湯治）。かなりの回数を行ったことになる。２人で1往復約10万円（宿泊費3泊２人で約6万円、交通費3万5千円、雑費5千円）。月２回で20万円。加藤財閥と言われた所以である。

シニアで毎月稼いだお金を全てこれに使っていた為、どうして家計をやりくりしていたのか不思議に思った。良く見ると貯金通帳から毎年２００万円残高が減っていた。やはり霞を食っていたのでは無かった。嫁さんは何とかなると言っていたが、やはり費用削減は、これから長く生きる為の必須事項だった。あと10年生きるためには、お金をどう工面すれば良いか工夫がいると頭を悩ませていた。そしていつも「金の切れ目は命の切れ目」と嫁さんには言っていた。しかし。これだけは避けたかった。まだ生きられる可能性があるのに金が無く治療が出来ず、ガンが進むのを放置するのは悲惨。見るに耐えない。ところが、事態は思わぬ展開になった。10年どころか、お金の工面を考え始めて半年後にはガンがあっと言う間に拡がり死亡。

余分な心配をして、目の前の危機がまるで見えていなかった。「ガン告知から10年生きたから、まだ10年生きれるだろう」と言う安易な推測。人はどうしても今までの成功体験で次を考えてしまうが、ガン治療は「一寸先は闇」と思わないと油断が生じる。

パートナーが主治医ーサポート役の重要性

サポート役は通常配偶者（夫又は妻）になるが、現在の医療状態では重要な役割を持つ。治療法を調べ決定する。これでその後の生存の長さが決まる。

嫁さんの場合、偶々抗ガン剤が効かないガンの為、別の方法を調べざるを得なかった。選んだ免疫療法（ＢＡＫ療法）を受けるのに半年待ちで、その間抗ガン剤の使用は禁止の為、他の方法（民間療法）を探るしか無かった。しかも、これが免疫療法が始まってからも補助として役に立った。サポート役は医者と対等に話せるだけの知識がいる。その意味で「パートナーが主治医（全てを聞き、治療方法を判断する）」である必要がある。特に病院間を渉り歩いたりする場合は、特にその必要性がある。

半年待って免疫療法を開始したが、1クール（4回投与）終了後、ガンが少し大きくなった。これは、途中で酷い風邪を引いて免疫力が大幅に落ちたのが原因と考えたが、免疫療法だけでは完全に消えないのではと思い、再度、海老名先生の著書『免疫細胞BAK療法』を読み直すと、ガンが進まないのも効果ありの判定。この本の副題が「がんと共生しよう」とあった。更に良く読むと、「免疫療法の前に放射線でガンを叩いた人がガンが消えている」との記述があり、他にネットで見た増喜氏も放射線（通常の半分の回数）を実施しており、仙台に行った時に海老名先生に相談。

放射線は特に禁止はせず、むしろ勧めるとのことだった。早速調べてみると、今までの肺への放射線は、肺全体に当たってしまい、正常な部分まで負担が大きい。更に調べると京大の付属病院で「肺の狙った部分のみ」を放射線照射出来る三次元体幹部放射線（肺は呼吸している為、動きがある。この動きに同期させて狙った部分へ放射線を照射出来る装置）があり、「最悪入院も覚悟でここに行くか」と思って、市民病院の主治医の神谷先生に相談をした。ところが、放射線の先生は名大から外来で来ている伊藤先生で、愛知県で出来るか聞いて貰うと、意外にも「この前、名大付属病院でも最近導入したばかりですよ」との回答。すぐ紹介状を持って鶴舞にある名大付属病院に行った。

導入したばかりの装置の６人目の患者だった。ここで「医者と話す時は、対等な知識が必要」と感じた。

通常、医者は相手が素人として話をする。しかし、こちらが色々調べて、ある程度の話（この場合、京大の体幹部放射線の話をちらっとした）をすると態度がかなり変わり、対等に話せることを体験した。病院を渉り歩くには、生半可な知識では、駄目で、この部分はパートナーの役割になる。本人が調べるのには限度がある。

ガンの場合「パートナーが主治医」と成って、治療方法を決めないと悔いが残る。戦国時代の軍師の役割と大将の役割を持つ必要がある。余命1年と宣告されたら特にそうである。偶々「抗ガン剤が効かないが、どうする？」と言われたのがきっかけであるが。世間で権威があると言われてる病院ではこんな言葉は聞けない。「抗ガン剤やります」で終わってしまう。抗ガン剤でガタガタの体になって、これ以上抗ガン剤投与が出来なくなると、「緩和センターに行って下さい」。その後は一連の流れ作業。そして1年後には、宣告どおり亡くなる。「先生の言うとおり」ではあまりにも可哀想である。

次は2010年の2回目の放射線の時、再発してガンが大きくなって来た時。いよいよ駄目かと思い方法を考えたが、再度放射線にトライするしか方法が無いと市民病院の先生に相談。放射線の担当の伊藤先生も前回（6年前）放射線を実施しており、同じ箇所の照射は不可との回答。前回はピンポイント照射であったので、その照射ポイント廻りで良いから6回ほど照射をお願いした（通常は30回だが、ここまで放射線を照射すると免疫力がかなり落ちる。前回の名大でのピンポイントの4回照射でも2ヶ月以上免疫力が30％ほど落ちた経験がある）。

6回の照射の為、「効果は期待しないで下さい」と言われたが、それでも5㎝大のガンが3㎝程度に縮小した。それは嫁さんの痰の量でも確認出来た。照射後は明らかに痰の量が減った。当面の危機は脱したものの、やはりじわじわとガンが大きくなっていく。今考えると効果を確認した時、直ぐに再度6回追加の放射線を頼めば良かったと思う。

しかし、様子を見ていると1年後やはり再度大きくなり、再度放射線を先生にお願いしたら、放射線を当てる場所が無い。前回の場所を避ける為、「今度こそ効くかどうか分からない」との回答だった。しかし、それでもお願いして、6回の照射を実施して貰った。結果は、効果が無く、免疫力が下がったのみだった。

そんな時に、ハイパーサーミアについて調べて欲しいと、「やわらぎの湯」での嫁さんのガン友からの依頼があった。調べてみると、ハイパーサーミアを有効に利用した八乙女駅前内科の安田先生の例（ハイパーサーミアを抗ガン剤の増感作用として使用し、少量の抗ガン剤・従来の数分の一程度で効果を持たせる為、副作用があまり無い）が出てきた。

更に調べると、関西では免疫療法とハイパーサーミアを組み合わせた方法を提案し、実施している病院もあった。こちらも免疫療法をしていることだし、免疫療法の効果が出るならと思い、免疫療法の海老名先生に相談してみた。先生もハイパーサーミアとの組み合わせは、聞かれたことが無いとの回答。まだまだトライ段階と思った。先生にも話をし、様子を見ながらハイパーサーミアをやってみることとした。私自身ハイパーサーミアは、初期の頃調べたことはあるが、これだけで効果があるものとは思わなかったので忘れていた。しかし、抗ガン剤又は免疫療法の補助（増感作用）としてハイパーサーミアを使う方法は新しいガン治療の方法と解釈。トライしてみる価値ありと思い、免疫療法とハイパーサーミアのスケジュールを組んだ。

ハイパーサーミアの本を少し読んでみると、ハイパーサーミアを受けると、ヒートショックプロテイン（加熱されて出来る蛋白）が出来て、増感作用をする。このプロテインは3～4日で無くなると書いてある。抗ガン剤投与、又免疫療法投与の前日に、ハイパーサーミアを実施し、このヒートショックプロテインを体内に生成しておく。そして投与。3～4日後再度ハイパーサーミアを実施して、ヒートショックプロテインを生成し、増感作用を強化する。この為、免疫療法は、2週間に1回の投与に変更（月1回の投与の間に1回追加すると2週に1回になる）。

この考えでBAK療法投与4回、ハイパーサーミアを13回実施した後、2012年3月初めのCT検査結果でガンの状態は、大根に素が入った様なすかすかのスポンジのような状態になった。効果有りだった。

これは次も同じパターンで実施すればガンが消えるかと期待したが、次はほとんど目に見える効果が無かった。そして急激にハイパーサーミアを何回か実施した為か、5kg痩せてしまった。これは前述した最大負荷の掛け方の問題と判断。3ヶ月の体力回復期間（ハイパーサーミアの回数を抑えた）をおいて、10月から再度同じパターンで免疫療法とハイパーサーミアを実施。ところが11月末に背中に転移ガンが噴出。手術で切除。免疫療法を実施しているにも拘わらず転移。あれと思った。過去9年間一切転移が無かったからだ。

それ位絶対の信用が置けた免疫療法だったのだが、何故転移したのか？　最初に考えたのが、ハイパーサーミアで同じ部分を叩き過ぎて、ガンが生き延びようとして他の部分に出た。これは安保先生の著書『ガンは自分で治せる』の中に書かれている考え方である。第2に考えられるのがガンが大きくなってそろそろ免疫療法で抑えられる限界に来たか？これは、1月のCTを後でよく見ると反対側（左）の肺にも小さい転移があり、やはり限界に来ていたのか。この時は、反対側の転移を見逃している。2ヶ月後の1月末、再度背中の同じ部分にガンが噴出。原因を考える前に、どう対処するかだけを議論したと思う。

結局、放射線で叩くことにしたが、体の表面部分であり、副作用はあまり無いとのことで30回の照射をした。しかし、後で「しまった」と思った。どんなに副作用が無いとは言え、放射線を当てるのであり、半分の回数又は1／3の回数にすべきだった。後の免疫力低下が恐い。1月のCT結果をよく見ておけば（反対側の肺に小さな転移ガンがあった）、直ぐ免疫療法の追加（2週に1度のペース）をしたと思う。後の祭りである。

しかし、10月～12月免疫療法（2週に1度）とハイパーサーミアを目一杯実施し、一段落したと思っていたのも要因。暫く体力回復とお金の節約と余分な事を考えた。この事が目の前の危機を見逃した。

次の4月のCT結果で「拡がってしまった」と言われた時は既になす術が無い。それでも私はピンと来なかった。来たのは嫁さんで、病院から帰った後、大泣きしたと言った。ガンの恐いのは「結果が出てからでは、遅い」ことで、結果を予測して、対策を打つ。そして、その予測した結果を回避しないといけない。今の医療の一番欠けてる点だ思う。

この頃のテーマは、ほぼ10年生きた（この年の5月で10年経過）のだから、次の10年をどうするか（特にお金の面）を真剣に考えていた。

免疫療法の回数が半分になれば仙台行きが半分になり、お金も続きそうとか……10年もガンと闘うと油断もあるし、費用削減もテーマに成ってくる。しかし、これは命が有ってこその話だ。

偶々我が家は綱渡りとはいえ、何とか10年持ったが「少なくとも年間費用が半分にならないと」と思っていた。又私の完全退職（65才以上は雇わない。大企業はこのルールが厳しい）も迫っていた。年金だけでは直ぐ破産である。その意味でも費用削減は大きなテーマだった。しかし、主治医役がお金を心配していては見えるのも見えなくなる。ここが素人主治医の欠点。お金を削って命まで削ってしまう。だが結果は、このとおりで、命の危機が全く見えていなかった。

余命１年と言われて10年生きられたから、「まだまだ生きるだろう」との根拠の無い安易な考えだった。初期の「来年は生きていないかもしれない」と言う緊張感が無くなっていた。「死」と言う言葉が頭を全くよぎらなかった。４月のＣＴの結果「ガンが拡がってしまった」という言葉を聞いた後、家で嫁さんが「大泣きした」と言った言葉でもピンと来なかった。それ以後も、本人の口から一切「死ね」と言う言葉が出てこなかった。ただ大泣きした事は「死んでしまうのか」といことが頭をよぎったのかもしれない。

しかし、人間それ位では大泣きしない。「あの世に行く」ことを全身で感じた為、大泣きしたのだと思う。これが霊感がさせた技だと思う。しかし、意外に「けろっとした顔」で「大泣きした」と言われたものだから、私の受け止め方も軽かったかもしれない。まさか、この２ヶ月後にはこの世に居ないとは、想像も出来なかった。

この後、４月中旬の仙台・三春行きはいつもどおり変わりなく元気だった。その２週間後の仙台・三春行きもあまり変わった様子は無かったが、仙台で投与をして来て、三春の「やわらぎの湯」に着いた途端に倒れそうになった為、車イスを使った。しかし、それは一時的な事で、直ぐ車イスは不要になった。あくまでも疲れが出た程度にしか考えなかった。明くる日は元気になっていつもどおりカラオケをやろうと言ったが躊躇した。声が出ないと。それでもカラオケメンバーが揃っており、無理矢理やることにした。何とか声は出たが高音が出ない。その日の夕食時にそのメンバーに「学生結婚」を突然話した為、みんな「えっ」とビックリ。でも後で考えるとこのメンバーにまともな状態で話ができたのはこの時が最後だった。やはり嫁さんの何かが言わせたのだろう。

嫁さんの人生の中では「清水の舞台から飛び降りた」様な出来事だったと思う。私はあわてて打ち消した。みんなが想像する「学生結婚」のイメージ（若い時に大恋愛の末の結婚）とは違っていたからだ。

しかし、この時、何で車イスが必要になったのか。体力が無くなっていたのか良く考えるべきだった。

そう言えば仙台・三春に行く前夜の準備の時に「準備をやってくれない？」と嫁さんが言ったのを思い出した。しかし、こちらは車の運転が有り、6時間は寝たかった為「いやだ」と冷たく断った。こちらは会社から帰って来てバタバタと準備をして寝るのが精一杯。嫁さんは家に居て準備の時間は十分有ったはず。今考えるとスケジュールに無理があったのではと思う。

初日に仙台でハイパーサーミアを受診。この為に、仙台の八乙女まで14時半に到着の必要性があった。いくら出発を遅くしても、家を早朝4時半に出る必要があった。そうすると3時半には起きて荷物積み込みと準備。6時間は寝たい（長距離では寝ていないと居眠りが出る。1度居眠りで事故寸前があった）ので遅くとも21時半就寝。こんなスケジュールでは嫁さんの申し出を断るしかなかった。これが最初に三春に行くのであれば、時間制限が無いから、出発を遅らせるだけである。この融通性が必要だったかもしれない。又この時の帰りは嫁さんの体力を気遣い途中で1泊して帰ったが、これも余計に負担を増やす結果となった。連休中で泊まるホテルが無く、慣れないホテルだった為、神経が休まらなかった。結果はもう1泊「やわらぎの湯」でゆっくりして、直行で帰った方が正解だった。途中で1泊した理由は、ローソク温泉に寄る目的だったから。ローソク温泉も久しぶりだった。仙台・三春行きが2週に1度。その間の週はハイパーサーミアで大阪に行く事が多く、ローソク温泉に来れなかった。

ガンになった年の10月から土日のいずれかに必ず行くようにしていたローソク温泉。約10年で約400日は通ったと思う。しかし、これが最後になった。

この時、嫁さんから、「しんどくてあまりお湯に浸かれなかった」と聞いたので、「あれ」と思った。今まであれだけしぶとくお湯に浸かっていたのに……。

ここは、湯のラジウムの量が多く、湯に浸かる時間を制限している。最初に入る風呂（ラジウムが薄い）が5分、次の風呂（ラジウムが濃い）が5分。慣れてくると、これ以上入っている。だが体力が無いと長く入れない。そうすると体力がかなり落ちているんだと思った。そう言えば、1泊したビジネスホテルでの荷物の積み降ろしを全て私がやり、嫁さんはイスに座っているだけだった。それだけ体力が無くなっていたのか。前から言っていた脊椎管狭窄症の為かと思っていたが、動く体力が無かったのだろう。しかし、長年ここで会っていた三重の人にも会えた。

帰った翌日、市民病院に行き診察。先生がいきなり「在宅酸素やるか？」で家に在宅酸素の機械が入った。先生としたら「そろそろ酸素不足の状態が出てくる。その前に手配を」と考えたようだ。この辺は経験が大切で、素人には何の事か分からなかった。「拡がってしまった」から、先生の頭の中では一連の流れは読めていたと思う。それでも私には分からなかった。

5月の連休中にサツマイモの苗を植え付ける為、畑へ行こうとしたら嫁さんが「家に居って。居って」としきりに言う。その声が「叫び声」に近かった。しかし、次男が連休で家に帰って来て居り「僕は何の為に居るの」と大声で言った為、嫁さんは黙った。私は畑に行っても良いと思って行ってしまった。後で考えると、これも霊感に因る「全身」の叫び声だったと思う。しかし、今どんなに悔いても嫁さんは生き返らない。やはり、私は牡羊座で「突進するが、廻りに目が行き届かない」性格のようだ。

嫁さんの様々な「危機の兆候」に全く気が付かなかった。廻りからは、「良くやった」と言われたりもしたが、私も、嫁さん本人も「あと10年は生きられる」と思っていただけに悔いが残るし、本人もここで「終わってしまうの？」との思いが残っていると思う。その意味で夢の中に頻繁に出てくる。これでは、生前「直ぐ次の嫁さんを貰う」と嫁さんに公言していても、無理な話である。当分夢の中の嫁さんと暮らすしかない。あと10年の思いが残っている間は、夢の中で活躍するだろう。しかし、10年過ぎたら、もうこちらも次を貰う元気も無いだろう。

家族の結束

嫁さんがガンになったことで家族の結束が強くなった。特に息子達（長男は大学院を出て就職したばかり、次男は大学4年、三男は高校2年）には、「お母さんが死ぬと、新しいお母さんが来るよ」と脅した。当然意味は理解してくれたと思う。ただ「うちの親父はやりかねない」と言うのもあった。又、息子達には「早ければ1年位かもしれない」と言っておいた。しかし、嫁さんの母親（同居・嫁さんが1人娘の為、8年前に嫁さんの実家が火事で燃えた時に父親が死亡。1人になった為、同居で面倒を見ていた）は、このことを理解出来なかった。

「そんな馬鹿な」とガンの症状が理解出来なかった。何度も話したが「そんな馬鹿な」で終わってしまった。自分の娘が「自分より早く逝く」ことへの抵抗は凄かった。むしろ生理的に受けつけないと言った様子だった。現実には、2013年3月にこの母親が亡くなった。その3ヶ月後、嫁さんが亡くなった。順番が狂わなかったのが不幸中の幸いだった。

ここで、お金のことで参考になった新聞記事を紹介する。

【金メダリスト　荒川静香さんのご両親の記事】

荒川静香が金メダル取る前の10年間、両親がコーチ料、練習に掛かる費用、遠征旅費等全て工面していた。年間５００万円から６００万円。これをサラリーマン家庭である両親が工面していたとの記事を読んだ。

ちなみに我が家も２００６年頃、２００４年、２００５年と嫁さんがそれ位使っている。しかし、この両親の覚悟と実行力を見習う決心をした。要は覚悟を決める事だ。これで迷いが無くなった。やれるだけやってやろうと。荒川静香の両親だって、その気になって何とかお金を工面したんだ。

「いい例が有るじゃないか」と自分を勇気付けた。この記事を見なかったら、ここまで覚悟を決められなかったかも知れない。

ガン保険と病院の実力で思うこと

ガンの場合、いかにお金を調達するかが問題となる。ガン保険に入っている事は、大切かもしれない。しかし、現実はガン保険はあまり役に立たない時がある。現在のガン保険は基本的に医療として認められた（健康保険が適用できる）ことにしか適用出来ない。その為、勢い抗ガン剤治療になる。抗ガン剤治療では体力の消耗が激しく体が持たない。15年前は、抗ガン剤を始めて概ね1年位で亡くなると言われていた。この事は、ガン保険会社が決して損していない事でも分かる。ガン保険も早期発見のガンの場合は金銭面で助かる場合もあるので、入っているに越したことはない。しかし、Ⅲ、Ⅳ期のガンの場合、一括1000万円くらいが降りるガン保険でないと、却って命を縮める可能性がある。保険適用だと抗ガン剤治療しか選べない。

一括で1000万円が降りれば、治療の選択枝がかなり増え、抗ガン剤治療よりは長生きが出来る可能性がある。但し、その場合は自分もしくはパートナーが治療法を決める必要がある。世間的に権威ある病院ほどこの自由度は無いことを心に留めておく必要がある。医者に「うちは国内最高レベルです。どうぞ何処でもよそに行って下さい。うち以上のところはありませんから」と言われると、90％の人はここで凍りついてしまう。

こんな時にパートナーに十分な知識があれば「手術のレベルは最高かもしれない。しかし抗ガン剤での治療実績が最高ですか。Ⅲ、Ⅳ期の治療実績と生存年数を見せてください」と反論出来る。今の世間的に権威ある病院で、これが胸を張って示せる病院はほとんど無いと思う。生存年数で躊躇してしまうと思う。逆に「このぐらいの年数が現在のガン治療の限界（1～2年）ですよ」と言われる場合もある。

「それは、今までの治療法での限界でしょう」と反論すべきで、他に方法があるかも知れない。事実、うちの嫁さんの場合、通常では1～2年の命だったが、10年も生きた。「又、この抗ガン剤をやってどれぐらい生きられますか？」と聞く必要がある。抗ガン剤の場合、何とか生き延びれても他の臓器（主に肝臓）がやられ、最後は脊髄がやられ長生きが出来ない。しかし、医者はそんな説明はしない。当面のガンを叩くのが精一杯で、他臓器がやられるまで、長生きするとは思っていないのが現実である。

「やわらぎの湯」でこんな話を聞いた。抗ガン剤をやりながら、「やわらぎの湯」に通い、何とか抗ガン剤の副作用を凌いで医者の予想より長生きしていると、医者が「そろそろ肝臓がやれる頃だが」と平気で言ったと怒っていた。これなど、本人に最初から説明すべきで、この段階で後戻り出来ない。医者が最初からここまでの命と決めて、それに対応するだけの処置をするのは、命への冒涜だと思う。脊髄がやられる事は、嫁さんのケースで分かった。うちの嫁さんの場合、1度も抗ガン剤を投与したことが無いため、死の直前まで熱がほとんど出なかった。しかし、抗ガン剤の治療をした人は、脊髄が侵されているため、

1ヶ月前から発熱して下がらないとのこと。場合に因っては、これで死に至る様である。こんなところでも免疫療法が優れている事が分かった。

なぜ長生き出来たのか（続）

長生き出来た理由は、やはり免疫療法を主体とした体力を消耗しない治療だったからだと思っている。そしてその免疫療法のお陰で転移しなかったことも大きかった。9年近く転移が無かったのだ。最後に転移したのは、ハイパーサーミアでの治療の影響か、ガンが少しずつ大きくなり免疫療法自体が限界に来ていたのかは不明。

現在の通常のガン治療では、何回でも転移して、その都度手術で対応している人がいる。その為、体のあちこちに手術の傷跡がある人を「やわらぎの湯」でも、「ローソク温泉」でも見たことがある。それでも手術に対応出来る体力があれば良いが、あまりにも対応がおかしいと思った。免疫療法をしていればこんな馬鹿なことは起きないはずだ。

手術で対応出来る人はまだガンが進んでいない人で、それ以上進むと抗ガン剤治療となる。しかし、抗ガン剤治療の場合、何処かで切り上げないと体を蝕んでしまい、ガンは消えたが、体が駄目になって死亡ということが起きかねない。

「やわらぎの湯」で、初期の頃に会った人で「抗ガン剤の最後のあの一発を打たなかったら」と悔やんでいた人と食事のテーブルが一緒になった。その人は最後の一発（抗ガン剤投与）を受けた為、足の麻痺が起こり、杖をついて歩く様になったと言っていた。その時はいろいろな話をした。後でその人の奥さんからお礼を言われた。

「あの人があんなに楽しそうに話しているなんて。久しぶりです」と。しかし、これ以後会わなくなった。結局、抗ガン剤の「最後の一発」が、その人の限界を超えて、あらゆるもの（身体）を破壊してしまったのだと思った。

「やわらぎの湯」に来ている人は、ほとんどガンの段階でⅢ期、Ⅳ期の人である（ほとんど余命を告げられている人達）。又は、初期でも、体力的に持たないと言って抗ガン剤の副作用が酷い人が来る。事実、ここで5泊もすると元気になって戻って行く。5泊もすると抗ガン剤で受けた毒が抜ける様だ。

これは、爪の色を見ると分かる。来た時はどす黒い爪が、帰りには綺麗な色になる。早い人は1日でその変化が分かる。又ガンが消えたとか、小さくなったとかいろいろ話は聞いている。しかし、そんな話がある中で、抗ガン剤治療を受けている人（ほとんどだが）

は、3年位で来なくなる。我々夫婦は9年通ったが、約3廻りのメンバー交替を見ている。これが現在の西洋医学のガン治療の実力と言わざるを得ない。長年この「やわらぎの湯」に通っているベテランは、この抗ガン剤治療を早くクリアした人か、又は途中で中断した人だと思う。

ローソク温泉も通い出して1年後、テレビで放映（全国ネット）をした為、ガン患者が全国から押し掛けた。だが、半年後には、通えるメンバーだけが残った。ほとんど抗ガン剤を投与していた為、1人減り、2人減り、徐々に減っていった。

そんな中で、神奈川県から来ている80才位の老人と知り合った。浜松付近に別荘があり、そこから来ているらしい。最初の半年は月2回3泊して口頭ガンがほぼ消えた。それ以後は別荘から日帰りで来ていると。80才という年齢では、ラジウム温泉の治癒力の方がガンの進行より勝る様だ。この人は長年ボルボに乗っており、他の車に乗り換えると操作系（スイッチ類、インパネのレイアウト、シフト操作）が変わり、慣れない為、駄目だと言っていた。そうかもしれない。高齢者が古い車をずっと乗り続ける理由がここにあると思う。

そうすると夫婦も同じか。長年喧嘩しながらも寄り添って、阿吽の呼吸で何でも分かる。

これが新しい嫁さんでは、全てが異なり、いつもバトルが起きる。パートナーが死に、新たに結婚しようとする人は、それを上回る何かが無いと難しい。1度パートナーを失った人は、基本は通い婚と思えば肩が凝らない。一緒に居ようとするとバトルが起きる。

だが少し歳を取ってバトルする元気もなく、お互いに体の心配をする同居婚も良いかもしれない。別々の部屋で生活し、いざと言うときだけ対応する。通い婚を同じ屋根の下だけにした形だ。今は何でもありの形態であり柔軟に考えた方がよさそうだが。

基本（アメリカの例）は「夫婦は同じベッドで寝ること」だが、今の日本ではそうはいかない事情がありそう。

話が大きく反れたが、ガン治療の根本原理はガンの進行速度よりも治癒力の方が上回ればガンは治っていくということ。要するに速度の競争である。

第2章　嫁さんと歩んだ道

嫁さんとの出会いと運命

嫁さんの通夜の夜、私と次男が嫁さんの棺を安置した部屋で寝た時「お母さんはお父さんのどこが良くて結婚したのか？」と不思議そうに聞いてきた。

「わからん」こちらは学生（大学院）だったし、結婚の意志などまるでない時に母親の要請で偶然見合いをした。こちらの意志を分かって貰うつもりで、見合いの1時間延々とブルース・リーの話をした。（少林寺拳法初段取得後にブルース・リーの映画を見て衝撃を受けた話）しかし、こちらの意図を全く分かってくれていなかった。

やはり後で考えると例の霊感（本人はあまり意識がないが）でピンと来たのか。「この人と結婚すれば何とかなる（嫁さんは1人娘の為、養子の話。将来の両親の面倒見）」と思ったのか。

こちらも迷惑だったが、食わせて貰えるならと、いい加減な形で結婚。この結婚が進路をどんどん変えていった。嫁さんは愛知県の西尾の製作所から大阪の営業所に転勤させて貰い、大阪で働きだした。

秋頃、大学の講座のOBが教授の元へ訪ねて来た。

「余っている人はいないですか？」「1人いる」と教授の返事。

「三菱に行くことになった」と講師から聞いた（当時三菱はギャランシグマが売れて人が足りない状況だった）。自分の進路は自分で決められない状況になったが、何かの縁と思い覚悟を決めた。5月に就職。希望を京都のエンジン製作所（設計開発）に出していたが、実家が岡崎市（愛知県）にある技術センター（車の開発拠点）に近いという理由で岡崎勤務となった（かなりいい加減な理由だが、後でこれが生活面では有り難い事が分かった）。

取りあえず嫁さんの実家（三河鳥羽）に入って会社通い。しかし、二世帯同居は問題多く（価値観の相違）嫁さんが板挟みになる為、親父の土地に立っていた中古住宅を改造して、隣町の吉良吉田へ転居。ところがこの転居場所に問題があった。国道247号沿いで、近くに交差点があった。ここをダンプやトラックが頻繁に通った（今はバイパスの様な道路が出来てトラックの通行量が大幅に減った）。又2〜3年後に横の交差点で事故が起き、信号が設置された為、排ガスが更に酷くなった。子供3人とも喘息になってしまった。空気清浄器を買って稼働させると、あっという間にフィルターが真っ黒になった。これは駄目だと思い、窓を閉めてエアコンを使う様にした（それまでは二階の窓を開け、家の中に涼しい風を入れていた。海から１㎞の所で涼しい風が入る）。

　道路の北側、夏暑いと涼しい風を入れようと南風を入れる。これが排ガスの汚いもの（ＳＯ２、ＮＯＸ・カーボン）を運んで来る。道路の南側の家は問題無い。冬は寒く窓を開けない。道路の北側の家で、交差点のある場所又は車が一時停止し、発進する踏切の場所は要注意。しかし、これが後で肺ガンになる要因とは、当時は考えも及ばなかった。専業主婦の嫁さんだけが朝から晩までこの場所に居た。

　私と出会って結婚しなければ、肺ガンにならなかったかもと考えると結婚したのも運命、肺ガンになったのも運命。更に肺ガンが再発したのも親父のトラブルが遠因と考えると運命的なものを感じる。

その後の話

　１年前の６月３日は嫁さんが入院した日だ。本人は入院する事で体が楽になると思い、いそいそと出掛けた。しかし、そこには、思わぬ事が待っていた。前にも書いたように、その日の夜、余命宣告10日位。そして夜、睡眠導入剤に因る事故。そして薬が効きすぎたことに因る意識不明。入院4日で命が無くなるなるなんて思ってもみなかった。本人は入院して「体が少し楽になったら又家に帰ってこよう」と言う感じの「出掛け」であったと思う。一周忌を過ぎても、その時出掛ける時に脱いだスリッパが片付けられない。「又戻って来てここで暮らすんだ」というかのような脱ぎ方で、まだ玄関の上がり端にそのまま置いてある。

しかし、この別れ方は、又次に生まれ変わった時は、又出会いを求めてしまう別れ方である。思い出せば、突然目の前に現れて、あっと言う間に結婚。大阪で1年働いて私を食わせ、私の就職で偶然故郷に戻った。気が付いたら、3人の子持ち。考える間も無く、何とか養育し、子育ても終わり掛けたら、嫁さんのガン。そのガンも何とか5年経過し、少し余裕が出てきた頃、偶然見たドラマが「現実の世界で離婚する夫婦」を結婚前に戻って何とか「出会わない様にする」ドラマだった。

嫁さんには常々「次、生まれて来た時には、出会わない様に」と言っていたのでドラマを面白く見た。嫁さんは不満らしかったが、正直「結婚したら、やりたい事をやらせてあげる」と言ったので結婚したのだが、子供を3人も持って「鷹が空を自由に羽ばたこう」としているのに、その翼に大きな石（子供）をドカドカと乗せて「飛んでもいいよ」と言っているのと同じ。結婚生活って、こんなものだが、結婚してみないと分からない。石に例えた子供達に罪は無い。要は先を見通せなかった自分が甘かっただけである。

２０１３年の初め頃、ガンになってから10年近く「生きられた」から、次の10年も生きるだろうと思っていた。本人も何とかあと10年生きて、３人の子供達の子（孫）を全て見るつもりだった。それが、この突然の別れ方の為、次生まれ変わっても、又突然目の前に現れて、「赤い不思議な糸」で結ばれていると言われて結婚しそうである。あと10年生きていたら、完全燃焼で、次の生まれ変わりは別の人に行けたと思うのに。

どうも前世も、同じパターンだったかも知れない。どちらかが早死にしたか、無理矢理別れさせられたのか、来世では「一緒になろう」と。そうするとこの別れ方は、又次の生まれ変わりでは「出会いそう」。「やだ。やだ」と思いながら、結婚した時に嫁さんが「赤い糸」としきりに言っていた事を思い出した。私は「そんなものあるものか」と思っていた。しかし、この歳になって「赤い糸」の意味が分かって来た気がする。嫁さんは霊感が強いのでそれを感じたのだろう。そうすると次も出会うのか？

結婚についての考え方

結婚は子孫を存続させるシステムであって、本人達を幸福にさせるシステムとは限らないと思う。ただ、子づくり、養育には大切なシステムだと思う。「子供が育つまでは」と何とかお互いに我慢をする。子供が育ったら、嫌なら別れればいい。動物がそうする様に。男から考えると「平安貴族の通い婚」が良い制度だと思うが、大金持ちの制度で一般庶民は難しい。しかし現代は、長生きの時代で別な意味が出てきている。1人で居るリスクが如何に高いか段々分かってきた。良い夫婦関係（現実には、かなり難しいが……）が一番長生きしそうである。もし1人の場合は、廻りに声を掛ける人、又は声を掛けて貰う人を持つべきであると思う。だけど、「おひとり様」なんて言葉は寂しいし、1度は結婚してみるもの（ずっと続けろとは言わないが）である。

異次元、異文化の融合（大げさかも知れないが）が出来る。1人でいると自分の世界だけで終わってしまう。嫁さんが亡くなった後、片付けながら何故これを使っていたのか、考えると自分では、考えられ無い事とか、色々である。

今は嫁さんの遺産（料理の道具・材料・調味料その他日常の道具）で日常生活が無事出

来ている。

墓参り

「墓参りは気の済むまで」。嫁さんの墓は35日の法事の時までにと急遽建てた。何とか間に合った。この時に、墓に骨納めをするこの地域の慣例の為、墓が必要だったのだ。墓は檀家寺（家から数百メートル）の本堂の南の一角に1つだけ空きが有り「直ぐ建てて下さい」と言われ直ぐ建てた。駅からも近く、会社の帰りに毎日寄った。

しかし、冬は駅に着く頃には、夕方6時半を回ってしまう。寺の境内は真っ暗だった。そんな中でも携帯のディスプレーの明かりで墓参りをした。毎日墓参りする意味は、自分の気が済むまで。「気が付かない事で死なせてしまった」との後悔の念がやはりある。この気が済むまでは、墓参りをするしか他に救い様が無い。一生懸命していたはずだが、それでも悔いが残る部分があるからだ。会社の仕事を優先で考え、嫁さんの命の危機に気付かなかった。２０１３年の1月以降の対応が後手に回った等の悔いがあった。予測第一に色々手を打っていたのが、何故か出来ていなかった。

墓参りのもう１つの目的は、やはり夜見る夢で変な夢は見たく無かった。墓参りをして、毎日精神的に自分の神経をなだめておけば、変な夢は見ないで済む。霊感の強い嫁さんである。どんな夢で出て来るか分からない。

夢

霊感の強い嫁さんなので「夜な夜な出て来る」と思っていたが、そこまでは出て来なかった。今から30年以上前だが、お袋の時は、亡くなった後、変な夢を見た。こわい夢を時々見たので、家に古い仏壇があり、それに魂を入れて貰ったら、変な夢は見なくなった。お袋が私の事を心配していたのだろう。その思いが、変な夢を見させたのだろうと思った。

こんな経験をしているので、嫁さんの場合、あと10年生きると思っていた（私も本人も）ので、その思いが当然夢に出て来ると思っていた。「夜な夜な」とは言い難いが、結構な頻度では出てきた。出てきても恐くは無かったが、変な夢は避けたい。その意味でも毎日墓参りをしている。

写真

墓参りと共に、もう1つ対策をした。

夢に出てくる頻度を減らすのに「毎晩、写真を4枚づつ印刷した」。デジカメで過去に撮ったもので、嫁さんが写っている写真（主に風景を撮っていた為、かなり少ない）を探しながらA４の大きさに1枚1枚プリントアウトした。これで出てくる頻度が減った。多分、写真を見る。思い出す。印刷して、視覚化する。この一連の作業で、嫁さんの事を1日30分～1時間は頭の中に描いているからだと思う。天国の嫁さんが「私のことをチャンと思い出していてくれるんだ」と納得していてくれるのだと思う。

シルエットの写真

写真の話題でもう1つ。２００8年名古屋のイルミネーションを見に行った時の写真。夜暗い中で撮った写真で、嫁さんの輪郭だけが出ていて、シルエットになっている。印刷してもシルエットだけが出てきた。シルエットだけでもいいと思い、会社のノートパソコンの壁紙としていた。ところが、ディスプレーの角度で、シルエットだけと思っていた嫁さんの姿が現れた。ディスプレーの角度を立てるとバックライトの関係で全体が明るくなり、本人の顔、服も全て見える様になる。「あれっ」と思いながら、家のノートパソコンでも試してみた。家のノートパソコンはもっと鮮明に見えた（ディスプレーの解像度が高い為）。それではと思い、元の写真（デジカメのデータ）で、「明るさ」を明るくしてみると、ノートパソコンと同じ様に、本人の全体像がはっきり見える。デジタル写真の良いところで、後で細工が出来る。

これ以来会社では眠くなるとパソコンの画面を立て、嫁さんを浮き上がらせては、「しっかりしなさいよ」と眠気防止役に使用していた。家のノートパソコンは、孫に「婆ーちゃんだよ」と見せた。

写真の拡大効果

もう1つ。デジタル写真は拡大が自由に出来るので、小さい人物も大きく拡大できる。今度は、拡大してみると、写真の一部に写っているいるのが大きくなる為、本人が生きている様に感じる。大きくすると不思議な感じになる。写真の枠からはみ出す。写真が小さいと過去の事のように思う。ところが、大きいと「現在」を感じてしまう。

元々コスト削減でA4の普通紙にプリントしているため、通常の写真（L判）の4倍〜8倍の大きさなのに、それを人物だけ拡大するわけだから、拡大率が16倍位になる。画素数が少ないと顔が崩れてしまう。後で買った一眼のデジカメで撮った写真は崩れない。しかし、一眼のカメラでは風景ばかりを撮っていて、嫁さん本人が写った写真はかなり少ない。又、良い風景でないと写真を撮らない為、余計少ない。その点、最初のデジカメはスナップ感覚で撮っている為、数が多い。

「写真は人物が入っていないと意味が無い」と吉本の芸人でカメラ通の小藪氏がTV番組の中で言っていたが、この時ほど、この言葉を実感させられたことは無い。高いカメラを買うと風景ばかり撮りたがるが、やはり少なくとも1〜2枚はその風景と一緒に人物を撮るべきだと思った。

仲のいい夫婦

いつも行く「やわらぎの湯」で「仲がいい」と言われた。常に２人で泊まっているからだと思う。その都度「仮面夫婦だよ」と答えていた。家では結構喧嘩もした。

しかし、それでも嫁さんがガンになってからは変わった。家から仙台・三春の往復の長距離ドライブ（１７００㎞）が自然に会話をする環境を創るし、又協力しないと乗っておれない。自然に２人が一体になっていく。仲の良くない夫婦には、長距離ドライブをお勧めする。そもそも車に一緒に乗ってくれない夫（嫁さん）なら、別れた方がいいくらい。

「仲のいい夫婦」って何だろうと考えてしまうが、１つは「阿吽の呼吸が通じる夫婦」か。しかし、うちの夫婦はあまり当てはまらない。相手がやることを許せる夫（嫁さん？）このパターンだと思う。時間を守らない嫁さん。それでも「しょうがないな」で済んでしまう夫。やることが遅いと思っても「しょうがないな」と思って許している夫。こんな許している夫は、外から見ると「仲がいい」と思われる。許せなかったらとうに離婚である。

「ゆっくり行くよ」

ラジオドラマで聞いた話。初めて車で三春まで行った時（２００４年10月）の帰りにラジオで聞いたドラマ。嫁さんが先に亡くなり、旦那があとで行くことになったが、天国の嫁さんから「ゆっくりでいいよ」の声。

これを聞いた私は、嫁さんに「俺もゆっくり行く（逝く）よ」と。当時「嫁さんは来年は生きていないかもしれない」と私も本人も思っていた時だった為、冗談半分で了解をとった。だが、この時から9年近く生きた。そして嫁さんが死んで1ヶ月後、夢の中で天から嫁さんの声「お父さーん」と。少し遠くに行ったなと感じた。同時に「ゆっくり行くよ」と返事をしたかったが、目が覚めた。

「ゆっくり行く」例は、かなり前に亡くなった私の母と少し前に亡くなった私の父の間には30年もあった。つまり父は30年1人で過ごしたわけだ。去年、母の33回忌と父の3回忌を一緒に行った。私もこれを目標に、「ゆっくり行く」つもり。もっとも、こればかりは自分で決められない。

そして、これからの人生を頑張ろうと。嫁さんの言う「やりたいことをやらしてあげる。（三河弁）」とはこの意味かと、嫁さんが亡くなって1年後に悟った。確かに「やりたいことがやれる」環境にはなった（1人暮らしで制限されるものが無い状態。金は無いが時間はある）。

しかし、羽ばたいた状態を見届けてくれる人がいない。やはり1人は寂しい。

「ゆっくり行くよ（続編）」

嫁さんが亡くなった翌年、偶然「打ち上げ花火メッセージ募集」という告知が目に入った。市の広報に載っていた応募記事だった。

吉良町花火大会での1コーナーで、メッセージを言ってから花火を打ち上げる。20名まで可とあり、すぐ申し込んだ。2人で聞いたラジオドラマのやりとりを踏まえたメッセージ。「天国のお母さんへ。ゆっくり行くから待ってろよ」。

このメッセージが花火の広告の中に「打ち上げ花火メッセージ」として載り、新聞の広告の一枚として全市に配られた。7月25日の花火大会の当日は、午後3時から場所取り（メッセージ応募者は特別区域に入れるが、それでもその中の場所取りが必要）も兼ねて早く会場（吉良海岸・宮崎）に行った。

この日の最高温度は名古屋35度。この時間では暑くて耐えられないかと思いきや、意外に涼しい。そう言えば昔（50年前で私が子供の頃）ここは夏の別荘地だった。名古屋より3度位低いし、海風が涼しいから、体感は28～30度位か。日陰に居れば外でも十分居れた。日陰のベンチで花火の写真を撮りに来た隣町の青年と2時間ほど写真の話をした。

7時半になって花火の打ち上げが始まった。真下で花火を見るのは気持ちがいい。今までは遠くでこの花火を見ていた。特に、嫁さんがガンになった年（２００３年）は、「来年は見れないかもしれない」と、家の近くの花火が見える場所で、２人で納得いくまで見た覚えがある（いつも土曜日に行われる花火大会は少林寺拳法の練習があり、見たことがなかった）。

こんな真下で花火が見えるなら、見せてやれば良かったと思った。花火が始まって1時間後、メッセージ花火が始まった。自分のメッセージが読まれた。「天国のお母さんへ。ゆっくり行くから待ってろよ」と女性の声で読まれた。そして花火が上がった。最後にキラッと光り、横に少し流れる花火だった。何故か涙が出た。あっと言う間に終わったが、それでも良かったと思った。来年も応募しようと決めた。

このメッセージ花火の後日談。

後で聞いたのだが、近所の人から、吉良海岸のラーメン屋でこのメッセージが話題になった事を年末に耳にした。又、色々な人から「メッセージ見たよ」と声を掛けられた。花火の広告の中のほんの一部に載ったメッセージだが、思わぬ反響があった。

２人で聞いたラジオドラマのやりとりで「天国に行った嫁さんにしか分からないメッセージ」だと思っていたが……。

１人になって

１人になって外食、宿泊、喫茶店等で色々冷たく寂しい思いをすることが多い。いつも２人だった為、今までは感じなかったが、１人になると身に染みて感じる。

宿泊も１人だと割高である。もっとも１人で部屋を使うのだから当然かもしれない。食事に行って、店内にも入った時も大きなテーブルには座れない。どうしても小さなテーブルでこぢんまり１人で食べる。店の扱いも粗末に感じる（ひがみかもしれないが……）。

そんな訳で、必然的にそういう場所には行かなくなる。やはりグループで食事を楽しむ事が必要となる。偶々そんなグループをいくつか持っているから寂しくは無いが、呼び出す以上はお金がいる。お金は貯めておくべきである。芸人の世界と同じで「後輩にはおごるべきである」。私もかつてはおごって貰ったものだ。

その点、回転寿司は1人で行ってもカウンターで気兼ねなく食べられる。喫茶店は曜日・時間帯を選んで行く事にしている。しかし、それでも大きなテーブルは取りにくい。こんな感じなので、勢い家で食べることが多い。外食は二の足を踏む。よほど食べたくならないと外食しない（自炊なのでお金が貯まって良いが）。

世の中には「おひとりさま」と言う言葉があるが、これは主に女性に使い、男の場合「独り者」と言われ、扱いが粗末である。偶然、独り者になってしまったが、結婚を経験している場合は「1人者」と分けて欲しい。

結婚し、子育てが終わり、偶々配偶者が早く亡くなって1人になった。一通りの役割は終えたのだから、もう少し増しな言葉が欲しい様な気がする。しかし、後2～3年すれば、この様な世間の扱いにも慣れ、1人者の良さ（何をやるにも自由で束縛されない）が分かると思う。

自由に羽ばたくには少し遅い（歳をとり過ぎた）が、伊能忠敬だって60才を過ぎてから日本地図（大日本沿海輿地全図）を完成させ、偉業を成し遂げた。要は興味と好奇心が有れば出来るはずだ。

最後の結婚記念日の祝い

２０１3年3月中旬、嫁さんの母親の葬儀が済んで、直ぐに免疫療法の投与日程があり仙台に行った。投与の前のハイパーサーミアを終え、仙台の近くの秋保温泉の緑水亭で泊まった。ここは、今上（平成）天皇が皇太子時代に泊まられた宿で、格式が高いところだが、何故か我が社の契約保養所になっていた。緑水亭は三春の駅に広告灯があり、前から印象があった。それで待てよと思い、会社の契約保養所の一覧を見ると出ていたので、１回泊まってみようと思って5年位前に泊まってみた。

やはり、仙台でも敷居が高いと言われるだけあって、もてなし、食事、風呂などかなり良く、嫁さんもかなり気に入り、泊まりたがった。時々泊まるため、顔なじみになっていた。

今回、ここに泊まった時、通常はオープンスペースのテーブルでの食事なのだが、夕食時に偶然、個室に入れてくれた。偶々個室が空いていたのか。

「時々来ているから入れてくれたんだ」と嫁さんと話をしていた。しかし、せっかく個室に入ったからには、1ヶ月早いが「36回目の結婚記念の祝い」をしようとワインを頼んで乾杯をした。「良く別れずに続いたものだ」と、食事をしながら、いろいろ苦労話をして、気持ちの良い一時を持った。やはり個室は「雰囲気が違うな」と入れてくれた人に感謝した。しかし、「来年もここで結婚記念の祝いをしよう」と嫁さんは言わなかった。いつもなら、「又来ようね」と言うところだが。後で考えるとおかしな事だと思った。それから3ヶ月後、嫁さんが母親の後を追おうとは、本人も考えもしなかったと思う。

「ありがとう」のお札

嫁さんが亡くなって半年後、ダイニングテーブルの上にあった雑多なものを袋に入れて保管していたので、整理していると中から「ありがとう」と「言いたかった。ありがとう」（両方とも菅傘をかぶった尼さんの絵が描かれた）の札が出てきた。「言いたかったんだ」と思わず涙が出て来た。本人の口からは「ありがとう」と言われなかったし、又突然の意識不明で言える状況でも無かった。でもこの様なお札を持っていたと思うと泣けてしまった。

そして、その半年後、嫁さんの一周忌の準備の時に、やはり同じ袋から、さらに2枚の「ありがとう」のお札が出て来た。又も心を掴まれた様な気がした。本人は意識してやったわけでは無いが偶然そうなった。霊感の強い嫁さんだったたから「私を忘れないでね」の印（サイン）かも知れない。「やわらぎの湯」のガン友（ガンで知り合った友達）からは「感謝していたよ」とは聞いたが、本人から直接聞いたことが無い。まだまだ生きるつもりだったのだろう。

このお札・尼さんが菅傘をして黒い衣を着ていて、何となく「天国の嫁さんの姿」を象徴している様だ。微笑んでいるので救われる。今は、ダイニングテーブルの嫁さんの席に4枚と2階のパソコンのある2ヶ所に1枚づつ置いてある。

仙台往復（飛行機編）

仙台には飛行機で行った時もあった。名古屋、仙台間は冬場の12月～3月は、飛行機とホテル宿泊のセットだが安い。通常の片道の料金で往復出来て1泊付き（閑散期の集客の為）。当時ＪＡＬは、１泊のホテルはどこでも自由に選べた。最初に行った時（２００４年３月）は、駅に一番近いメトロポリタン仙台を選んだ。今はＡＮＡが同様のシステムでやっているが、このホテルは最上クラスで余分に５０００円追加する必要がある。ＪＡＬがいかに放漫経営だったかが分かる。泊まってみると凄く良いホテル。１泊付き仙台往復パックは安いなと思った。

この時は親子３人で行った。木曜日に次男と嫁さんが先の便で行き、私がその日の仕事を定時で終え、仙台行き最終便で追っかけた。名古屋19時発で仙台20時着だった。ところが当時空港からのアクセスは電車が無くバスのみだった為、途中渋滞でホテルに着いたのは21時過ぎだった。電車が開通した今だったら空港から20分で仙台駅に着く。

これに味を占め、時々飛行機を使った。免疫療法の採血又は投与日をいつも金曜日にしていたが、前日の木曜日に休みが取れなくて、金曜日に飛行機で仙台に向かったことがあった。当日名古屋も雪だった。空港で待っていると、「仙台空港が雪で着陸出来ないかも知れません」と放送が入った。その後、又「仙台行きは飛びますが、着陸出来ない場合は羽田空港かこの中部国際空港に戻ります」と続報。どちらに戻られても免疫療法の採血の12時には間に合わない。何故仙台の近くの福島空港に戻らないのかと疑問だった。

祈るようにして仙台上空まで来た時、「何とか着陸出来そうなので着陸します」とアナウンスが入った。着陸して雪の仙台空港の滑走路を見た時には助かったと思った。

こんな気分は30年前、出張でオーストラリアから日本に帰る時にあった。成田空港に降りる時に、「視界が悪いので着陸困難です。駄目な場合、福岡空港に向かいます」とのアナウンス。日本の何処かに降りれば良いのかとびっくりした。しかし、パイロットが上空で粘り、一瞬の晴れ間で着陸した。着陸した時は乗客全員が拍手をして喜んだ。オーストラリアと日本の距離をみれば、日本の何処でも大差ないのかも知れないが、飛行機は感覚が違うと感じた。

話を戻して、「何故近くの福島空港に降りないのだ」と思った。後で分かったのだが、この１ヶ月前にＪＡＬが福島空港から撤退したばかりだった。そうか、いろいろ事情が有るのだと思った。このヒヤヒヤの経験から、飛行機の場合は必ず前日に行く事にした。当日では何が起きるか分からない。

もう１つ飛行機利用でのヒヤヒヤの経験だが、今度は仙台空港で乗る時、すんでのところで乗り遅れるところだった。ハイパーサーミア受診後、八乙女内科で話し込んでしまい、地下鉄八乙女駅前から仙台空港まで、通常の人なら搭乗手続き開始時間（離陸30分前）に間に合う位の時間的余裕（60分位）だった。しかし、嫁さんは脊椎管狭窄症であまり速く歩けない。又距離も長く歩けないので、休み休み歩く。地下鉄の仙台駅とＪＲの仙台駅は距離が有り、嫁さんの足だと15分以上乗り換えに掛かる。そこで余分な事を考えた。仙台で乗り換えないで、仙台駅の次のＪＲ駅・長町駅で乗り換える。そうすれば乗り換えで歩く距離がかなり減る。ところがここに誤算があった。

ＪＲは仙台から長町駅まで一区間４分。地下鉄は間に４つ駅が有り、長町まで８分かかった。そして乗り換えに３分。長町でＪＲの駅のプラットホームに上がったら、乗るべき空港行きの電車が丁度発車した後で、後姿を見送ってしまった。「ああ、行っちゃった」。いない。

しかし、何とか飛行機に間に合わないと新幹線で帰る必要があるが、そのお金を持っていない。あわてて駅から出てタクシーに乗り込んだ。タクシーなら何とか間に合うかも知れないと思った。長町から高速に乗れば間に合うかと思い、タクシーの運転手に聞いてみると「間に合います」との返事。

「同じ様な経験をして間に合わせたことがあります。ただ震災後なので工事渋滞が有る時は、分からないですが」。渋滞が無いことを祈るしか無かった。祈りが通じたか何処も渋滞無く、スムーズに空港に着いた。それでも離陸20分前で搭乗手続き終わっており、あわてて駆け込んだ。飛行機の場合、搭乗の1時間前に空港に来ている事が必要。どんなに遅れても30分前には来ていないといけない。今回間に合ったのは長町の駅から直ぐに高速に乗れたこと。渋滞も無かったことで間に合った。こんな条件の良い処は通常無いと思う。

　この反省は、飛行機に乗る場合、「何が有っても1時間前に空港に着く」計画を立てる事である。ベテランでも30分前には必ず着く。偶に乗る人は、余裕が必要。それともう1つ、誤算であった仙台・長町間の地下鉄。時刻表を見ればちゃんと駅名と所要時間が出ている。確認しなったのが誤算を招いた。自分の思いこみで一区間と決めてつけている。確認は必要だと思い知った。

良い嫁さん

　良い嫁さんの条件は、旦那が仕事に専念出来る様にする。又は旦那をやる気にさせる。その意味ではうちの嫁さんは良い嫁さんだったのか。少なくとも仕事はやりたいだけやった。上司と喧嘩してもしぶとく会社に行ったのは、嫁さんと子供の寝顔を見ると行かざるを得ない。路頭に迷わす訳にいかないとの思いからだ。その意味で旦那を暗黙のうちに動かす嫁さんだった。

又なかなか昇進しなかった時も「ゆっくりやればいいじゃない」と逆に励まされた。「そうか」と思ってまた頑張りはじめた。夫婦は意外と同じ思考パターンでない方がいいかもしれない。同じ思考パターンだと共に悩み悪い方向へ向かってしまう。大事な時に夫婦で何とか乗り切る。これが出来る嫁さん。その意味で「良い嫁さん」だったと思う。ただあまりにも強権、恐妻の感があったが……。

蛍

ガンになった年、やたらホタル、ホタルと嫁さんが言うので、近くのホタルが出る場所（隣町の幡豆町小野ヶ谷の奥）に、見に行った。夜7時半頃に着き、ホタルが出るのを待った。他に十数人同じ様な人がいた。8時頃ホタルが舞いだしたが、数えるほどしかいない。しかし、辛うじてホタルを見た。もう少し乱舞する姿を想像していたので、少し期待外れだった。

翌年6月、恵那の紅岩山荘に泊まった時に、「ホタル狩りが有ります」と宿の人がイベントを紹介してくれた。行って見ると、観光の一環で、６月にこの地区の旅館が協力して、この時期だけ実施しているとのこと。

この時見たのは、ゲンジボタルで、１体が大きい為、明るい。しかも、数が多い。文字どおりホタルが乱舞する姿を見た。これに満足し、更に翌年も別の旅館に泊まり、今度は自分でその場所に行った。ところが、時期が違ったのか、前年の様にホタルが乱舞する姿が見られなかった。数が少なかった。しかし、ゲンジボタルは優雅に舞っていた。

そして翌年は、旅館から聞き、再度ホタル狩りに行くバスに乗った。やはり場所が変わっていた。その時々でホタルが多く出る場所が変わるのかと思った。これは地元の人しか分からない。この時もホタルを満足できるまで見た。これ以後、嫁さんがホタル、ホタルと言わなくなった。ホタル、ホタルと言ってる間は、「来年は居ないかも知れない」と思い何とか見せてやろうといろいろ考えたが、言わなくなったら見なくなった。ホタルのイメージとして消えゆく象徴であり、何かが言わせていると思っていた。三春の近くでもホタルが出る場所を聞いたが山の奥深くで、道に迷う可能性があり、行く気になれなかった。

花火

地元の吉良の花火はいつも遠目から見ていた。なぜか真下で見ようという発想が出てこなかった。多分会社があった岡崎には「岡崎の花火」があり、それより規模が小さい吉良の花火は遠くから見れば良い位の気持ちだったのだと思う。

しかし、嫁さんがガンになった年は、「来年は見られないかも知れない」と思いつつ、この吉良の花火も家の近くの良く見える場所からしみじみと見た。いつもは花火が行われる土曜日は少林寺拳法の練習があり、見たことが無かったが、この年ばかり休んで2人で見た。そして、岡崎の花火も遠目でも良く見える場所を選んでしみじみと見た。

明くる年、ローソク温泉の帰り、7月30日に「恵那の花火」が恵那峡の大井ダムで開催とあったので、花火が見える紅岩山荘を問い合わせると一部屋空いているとのこと。即申し込み、泊まった。この宿はダムの眺められる位置に有り、ダムの湖面から打ち上げられる花火を見るには、もってこいの場所だった。この位置の宿が空いているなんて、吉良の花火ではあり得ないと思った。花火が始まってみると、凄い迫力だった。花火が打ち上げられる湖面より100m位上にあるこの山荘は、高さでより花火に近い為、上がって破裂する音が一段と近い。ただ、部屋から直接見えない為、湖面が見えるベランダに出る必要があり、場所取りが必要だった。これがこの花火があるのに部屋が取れた理由だろうと思った。しかし、恵那の花火で花火の醍醐味を満喫した。ところが、その年の９月に「やわらぎの湯」に泊まった時、偶然、同湯が主催する花火に出会った。社長が湯治に来ているお客さんの気晴らしに毎年実施しているとの説明があった。水辺が無いこの山の中で良くやると思った。

花火が始まってみると圧巻。部屋の上空で破裂する花火の音は、凄い。部屋から見られるのが良かった。しかし、花火を上げる裏方は大変。５００ｍ向かいの山で打ち上げているが、火の粉が落ちて火事になりそうなのを消防団の人が必死で防いでいるそうだ。山の中の花火は意表を突かれた分、感動した。

愛知県の吉良町と福島県の三春の往復はいつも長野県経由。その理由は、東名は混雑することと事故が多いからで、又東京を通る必要があり、時間が読めない。そこで中央道から長野道を通り新潟廻りか、又は上信越道で佐久、軽井沢を通り、関越、北関東自動車道、一部下道で佐野藤岡から東北道のコース。

途中の諏訪湖の大花火をテレビで見て1度見たいと思ったが、場所取りから宿取りから、通常では不可能に近い。そこで又テレビを見ていると観光の為、「毎日15分花火を打ち上げている」ことを知った。それではと近くのビジネスホテル（ホテル又は旅館は高いと思い）を予約した。三春の帰り道、諏訪で泊まった。夕食後一休みし、花火を見るため、30分前に会場に行ったが、すでに車が一杯。辛うじて駐車場を確保出来て、すぐ近くの諏訪湖岸に向かった。音楽が流れ、スタートした。岸から離れた目の前の小島から打ち上げられたが、やはり圧巻。近い。見上げて魅入った。音も心地よく響く。たった15分間の花火だったが、見に来た人は満足したと思う。やはり観光に力を入れているだけあると思った。

この後（2007年）、嫁さんは、花火、花火とはあまり言わなくなった。

それ以後、偶然見たの西尾市の米津の花火。私も嫁さんも小さい時（小学生位）、見に行ったことはあるが、最近は忘れていた。三春の帰り、地元の道の駅でトイレ休憩の為、車を止めた。そうすると花火が見えた。みんなも車を降りてしきりに見ている。少し遠いが綺麗に見える。思わずうっとりと30分位見ていた。やはり、「花火は良いなあ」と三春から600km運転して来た疲れも取れた感じだった。

イルミネーション

地元西尾市で毎年イルミネーションを飾っている家があり、西尾のスーパー銭湯に行きながら毎年見ていた。

有る年（２０１０年頃）、家の庭まで入り、嫁さんと2人で見せて貰った。私と同年代の人だったが、「趣味で毎年やっています。ただ電気代が大変」と言っていたのを覚えてる。２０１４年も楽しみにしていたイルミネーションが点灯しない。又毎年楽しみにしていたこの近辺の人と、ここを車で通る人（かなり多い）は、名物としていただけに寂しい。やはり、電気代が問題になったのかと思った。しかし、この地区のイルミネーションの先駆者として讃えてあげないといけない。長い間ご苦労さんと。後に続く若い人が近くにチラホラ出ている。ここから嫁さんと廻ったイルミネーションにまつわる思い出を記す。

安城デンパーク（２００３年）

嫁さんがガンになった年、「デンパークでイルミネーションをやっているから見に行こう」と嫁さんに言われて出掛けた。12月の初めだったが、かなり寒かった。しかし、園内に入ると暗闇の中に、ポツンと動物の形のイルミネーションが浮かび上がっていた。当時はまだイルミネーションが珍しかったが、非常に幻想的で、恋人とのデートコースだと思った。事実、家族連れに混じって、カップルがあちこちにいた。来年の命も分からない嫁さんだったので、良い思い出になると思い、恋人気分で廻った。

名古屋のイルミネーション（2008年12月）

嫁さんが「名古屋の駅前でイルミネーションをやってるから見に行こう」と言うので、又見に行った。駅前のビルの壁を使ってのイルミネーション。今から考えると小規模なイルミネーションだが、それでもこの当時では見に行く価値があった。暗闇で嫁さんの写真を撮ったがフラッシュが効かずシルエット（輪郭）だけが写っていた。その時は気にせずメモリーに残したままだった。

菜花の里のイルミネーション（2009年2月）

この頃から、各地でイルミネーションの競争が始まった。

「菜花の里のイルミネーションが凄いから見に行こう」と又もお誘い。三重県の長島温泉の一角にある菜花の里。電車では不便な場所のため、車で行くことにした。土曜日の午後4時半頃到着した（遅いと駐車場に困る為）。暗くなるまで1時間待って5時半に点灯だった。イルミネーションの規模は莫大だった。光のトンネルなど凄かったし、光の川の流れが動くのが凄かった。この流れが動くのも当時では初めての試みで、感動した。光の広場も広大な野原の中に青色ＬＥＤを所々に配置して、広かった。凄い数のＬＥＤだ。

現在も年々進化している。テレビのＣＭで見るが、いつも「凄い」の言葉が出る。これでなければ、毎年毎年の集客は無理だろう。

福島の移のイルミネーション（２０１０年）

「やわらぎの湯」に、12月頃になると三都物語という広告が出るが、良く見なかった。しかし、ＴＶで嫁さんが「福島県の移《うつし》と言う山の奥だけどイルミネーションが凄いとミヤネ屋（ＴＶの番組・司会の宮根誠司の名前を付けている）でやっていたよ。今度見てみようよ」と言う。地図で見てみるといつも泊まっている三春から30分ほどの所。だが三春から山の奥に入って行く。

夜の山奥は道に迷い恐い。初期の頃は、昼間でも山の中で道に迷った経験がある。ただ、ナビが有るので位置の確認が出来た為、何とかなった。

平地で育った私は山の見分けがつかない。どの山も同じに見える。ましてや夜の山道など迷ったら最後と思っていた。その為、仙台の帰り道、明るいうち（午後3時頃）に、移の町の位置を確認しに行った。そしてナビに位置を覚えさせて、三春の宿の「やわらぎの湯」に帰った。夕食後、イルミネーションのある移の町に向かった。ナビに誘導されて難なく移に着いた。町全体にイルミネーションを飾ってあり文字どおりイルミネーションの町だった。その中でも一軒、テレビに出た家は、ほぼテーマパークに来たかと思うほどのイルミネーションだった。個人でこれほどのイルミネーションを作るのは並大抵では出来ない。しかし聞いてみると私よりも少し年上の人がやっていると聞いた。相当根気強く作っているなあと感心した。しかし、この翌年、東日本大震災があり、２０１１年と２０１２年はイルミネーションを自粛。２０１３年から再開された様だ。

仙台のイルミネーション（２０１２年）

免疫療法で散々仙台へ行っているが、仙台のイルミネーション「光のペイジェント」を見ていない。

ここは震災の年も被災者達を元気付ける為に実施された。あちこちの応援を受け何とか実施できた様だ。２０１２年の12月になって何とか見たいと嫁さんが言うので調べてホテルを予約した。飛行機で仙台に来た時に泊まったホテルが意外と良かったので、そこに決めた。イルミネーションが行われる定禅通りに比較的近いので良いかと思った。しかし、これが嫁さんの足では遠かった。脊椎管狭窄症がある為、あまり歩けない。私の腕に捕まりながら何とか歩いた。夫婦と言うより介護をする人とされる人の感じだった。途中で「カメラを持って来るのを忘れた」と思い、取りに帰ろうかと思ったが、嫁さん１人を置いておくわけにはいかない。しかし、嫁さんは「カメラを取って来て」といつもの様に、容赦なく言う。

それでも行かなかった。イルミネーションが直ぐ近くだった為、そちらに気を逸らした。何とかイルミネーションの場所まで来ると、菜花の里（三重県）とは違う素朴な感じのイルミネーションだった。色は電球の色で暖かい色。杜の都と言われる街路樹の木を利用したイルミネーション。派手さはないが、見た人を感動させる。圧巻の光の数だと思う。

嫁さんが「来年はホテルから見える処に泊まろうね」と言う。イルミネーションから、歩いて10分も無いホテルだったが、よほど歩くのが応えたのか。

「そうだね。来年はこの通りのホテルにしよう」と言った。途中に三越が有り、そこのイスでかなり休んだ。そしてホテルに帰った。何とか仙台のイルミネーションを見たが、嫁さんはかなり疲れた様子だった。この時の様子が1枚だけ写真に残っている。ところが、イルミネーションの写真が無い。

「来年撮ればいいや」と思ったが、その来年が嫁さんには無かった。後から考えると「カメラを取って来て」の言葉に逆らった事を反省するしかない。嫁さんの何かが言わせたのだろう。しかし、「来年はホテルから見える処に泊まろうね」（２０１２年12月末）とも言っている。まだまだ生きるつもりだったのだろう。来年くることは、本人の希望だったのだろう。だが「カメラを取って来て」は嫁さんの霊感が言わせた言葉だったのだと今になって思う。

トラブル（新幹線編）

今となってはトラブルでさえ、いい思い出になってしまった。鉄道と車に関するいくつかエピソードを書きだしてみる。

それは新幹線で仙台・三春に行く時のトラブルだった。最初の頃は、私も同行して仙台往復していた。何しろ余命1年と告知されていたわけだから、「来年は居ないかも知れない」わけで「一緒に居れる時間は大事にしたい」と思って同行した。又、嫁さんが、東京駅の乗り換え（東海道新幹線から東北新幹線への）が出来ないこともあった。確かに新幹線にろくに乗った事が無い人には、東京駅の乗り換えは難しい。でも3回行けば覚えると思うが、ＢＡＫ療法の１クール目（4回投与・仙台往復8回）は全て同行した。２クール目は三春の「やわらぎの湯」にも寄ったがほとんど同行した。これだけで新幹線代があっと言う間に１００万円を超えた。（1往復2人で7万円、16往復・１１２万円）。３クール目からは、採血の時は、先生の問診がある為、２人で車で行き、投与の時は嫁さん１人で新幹線で行く事にした。今まで16回も東京で乗り換えてるから、もう馴れただろうと思ったが、それでも嫁さんは不安がった（完璧主義の欠点か）。

名取駅での切符のトラブル

いつもは会社に出入りしている旅行会社で切符を手配したが、その手配の仕方で小さなトラブルが起きた。免疫療法の投与の時は、新幹線で仙台まで行って、在来線で名取に戻るのだが、戻る為、名取駅で切符がひっかかり、改札を通れなかった。本来なら仙台駅で1度降りて、仙台・名取間の切符を買うのが正解だが、一括で切符を購入をするのに、そんな馬鹿な話は無い。いろいろ調べてみると購入時に「仙台経由名取」とすれば良いことが分かった。しかし、今まで私が同行していた時、何故引っかからなかったのかと思った。どうも偶々、その時に切符手配担当者がいつもの担当者と違い、その点の配慮（仙台経由を入れる）が無かったのが原因だった。以後、こちらからの切符手配のお願いのメールにこの注意事項を必ず入れる様にした。担当者が変わると同じトラブルが起きる為の防止措置である。

郡山通過トラブル

この時は、原因はダイヤ改正と私の確認不足。ダイヤが改正になったので、東京駅での乗り換えの東北新幹線は、いつも乗る時刻は変わっていないと確認して、いつもどおり時刻をプリントアウトして渡した。朝、地元のＪＲ三ヶ根駅に送り、その後、私は会社に行った。やれやれ、これで４日間は静かだと思いながら、会社で仕事をしていると、携帯のベルが鳴った。

「お父さん、郡山通過しちゃった」と悲痛な声。「ええっ」と思いながら「通過したら次の福島で降りて引っ返すしか無い」と返事した。良くダイヤを調べてみると時刻は変わってないが、通過駅が変わっていた。ネットの乗り換え案内で確認すべきだった。時刻表で東京駅の出発時刻だけしか確認しなかった為のミス。郡山の到着時刻を確認すれば防げたトラブルだった。嫁さんに渡した時刻表は１本前の新幹線だった。
「この時間帯（９時20分〜35分）は３本あるからどれでも良いよ」と言っていたが、良くなかった。ダイヤ改正で１本の新幹線は郡山通過に変わっていた。

新幹線ストップ

郡山通過トラブルの２〜３回後だったと思う。やはり嫁さんを送り出して、会社で仕事をしていると、携帯が鳴った。今度は東北新幹線が地震で途中でストップしたとのこと。どうしようも無いのだから、「動くまで、待つしか無い」と返事をした。多分、嫁さんも分かっていたと思うが、不安で電話して来たのだと思った。気が強い面もあるが、案外恐がりだった気がする。

東海道新幹線ダイヤ混乱トラブル

こんなこともあった。やはり会社で仕事をしていた時、今日は帰って来る日だなと思っていると、15時半頃「東京駅に着いたけど、東海道新幹線のダイヤが混乱していて、指定席を取った列車がいつ来るか分からない」と電話が入った。

「そんな時は、こだまでもいいから、発車する列車に乗ること」と教えた。いつもより遅くなると思って三ヶ根駅に迎えに行った。予定から1時間も遅くならなかった。ダイヤ混乱の割には、比較的順調に帰って来たと思った。ダイヤ混乱の時は来た列車に乗るのが鉄則だと思う。

トラブル（車編）

ここからは、車に関するいくつかのエピソードを書きだしてみる。

嫁さんがガンになってから約10年、ローソク温泉、仙台・三春の往復、大阪往復等で39万km走った。地球約10周分。ガソリン代だけでも500万円近い。

それだけの距離を走った。小さい事故やトラブルは有ったものの、大きな事故は無く、無事に走れたのには、何かに守られていたような感じがする。事故寸前とか、事故に巻き込まれそうな事もあったが、それでも無事に役目を果たしたと思う。今後は自分の楽しみの為に走る（これだけ走って来ると、時々長距離を走りたくなる。2週に1回の仙台・三春の往復が体に染み着いている）。

この走り方についても、別途、本として書いてみたいと思っている。

電動ミラーと鉄柱の接触事故（東京）

三男が東京に住み始めて、2度目の引っ越しを終えた後、三春に行く途中で寄る事になった。東京は道路が狭い。バックをして、方向転換しようとしたら、街路灯の鉄柱（黒塗りだった）に左のサイドミラーが引っかかり、鏡面の部分が落ちてしまった。幸い割れていなかったので、ミラー本体に嵌め込んだら、何とか収まった。有り難い。これで何とか旅行が続行出来る。

ミラー1つでも無いと、高速道路での走行は難しい。東京の狭い路地に入ると何があるのか分からない。その路地を自転車がかなりのスピードで走る。多分、自転車に気を取られ、黒塗りの鉄柱を見落とした様だ。こちら（愛知県）だと街路灯の鉄柱は銀色だ。何故黒塗りかと思った。黒は目立たない。多分景観を気にして黒にしたのだろうと思うが、安全・機能を優先にして欲しい。

パワーウィンドウのトラブル

同じく走行継続が危ぶまれたトラブル。２０１３年１月。上信越道（碓氷・軽井沢を通って）を朝早く通過して関越道に入り、更に北関東自動車道に入った時、左のサイドガラスの曇りを取る為、ガラスを下げるべくパワーウィンドウのスイッチを入れた。その時「バキッ」と音がして、ガラスが動かない。更に押し続けるとガラスがおかしな動きをする。そして、今度は閉めようとしても閉まらない。仕方なく、近くのＰＡで車を止め、いろいろやってみたが、閉まらない。ここで走行を断念して修理に行くしかないのかと思ったが、最後にかなりガラスが上がり、隙間が１㎝位になった。有り難いと思い、ＰＡのコンビニでスリオンテープ（通称ガムテープ）を買い、窓の隙間を埋めた。これで何とか仙台行きが続行できると、再度走り始めた。

しかし、凄まじい騒音は車内にまで響いた。仕方なくスピードを10㎞／h落として走った（窓の部分の風切り音の為、スピードを少し落とすとかなり減る）。

仙台から帰った後、修理に持ち込んだ。パワーウィンドウのリンク部のピンが折れていた。「バキッ」という音はその音だった。私は「窓ガラスが凍りついており、それが剥がれる音」だと思っていたが、違っていた。

ただ、窓ガラスが凍りついていて、それを気が付かずにパワーウィンドウを下げたのが原因。大きな力がリンクのピンに掛かった様だ。

今後は窓ガラスが凍りついているか判断してから操作する必要がある。朝早く長野の寒いところを通ってきた。長野の南の方（飯田から岡谷の間）で雪がちらついていた。これが原因か。いずれにしても寒冷地を通過するときは要注意である。

居眠り運転

いつも三春に行く時は、仕事をギリギリまでやって、それでも定時までには帰る。家に着くのが18時半。20時には寝る必要があった。夜間割引を使う為、２時に起き、３時前には家を出ないといけない。家から高速の入り口まで深夜の空いている時間帯でも45分～50分は掛かる。４時前に高速に入る。

しかし、20時に寝られたことが無い。21時か22時になってしまう。高速に入ったら、何処かで寝ればいいやと思いながら、この時も何とか高速の夜間割引の時間に間に合ったが、途中でいつもどおり眠たくなってしまう。高速を1時間も走ると睡魔が襲ってくる。飯田を過ぎて駒ヶ根付近で仮眠を取る（座光寺PAか駒ヶ岳SAで10分くらい）。そして再び走り始めても松本付近で再度眠たくなる。仕方なく、梓川SAで再度、仮眠（今度は15分くらい）この2回の仮眠で以後は、三春まで順調に走れる。だがこの時は、更に疲れていたのか、佐野藤岡ICから東北道に入ってから安心したのか、矢板を過ぎ比較的直線の緩いカーブの処で、意識無く眠ってしまった。一瞬だったが、ガタという音で我に返りハンドルを切った。そしてあわてて路肩に車を止めた。

後続の車が偶々高速道の監視車だったので止まって声を掛けてくれた。どうも中央分離帯のガードレールの根本にホイールが当たった様だった。それだけならいいが、あわててハンドルを切っているため走行車線に後続車が居たら衝突するところだった（追い越し車線を走っていたので突然のレーン変更になる）。しかし、一瞬だが、全く意識を失い寝てしまった。事故にならなくて運がいいとしか言いようが無い。

その時は、神様・仏様が守ってくれていると思うしかなかった。この時の反省で、三春に行く週は、仕事での残業を控えて、早く帰ることにした。

多分、長距離運転中に、その週の疲れが出て来るのだろうと判断した。５５０km走って来て、後１００kmの地点での居眠り。又確実に6時間の睡眠を取る為、定時より1時間か2時間早く仕事を切り上げる事にした。命あっての仙台・三春行きである。ガンの治療の為に仙台に行くのに交通事故で命を落としたのでは本末転倒である。

スピード違反（高速・長野道）

免疫療法を始めて2年目の年。車で家から仙台に直行する必要があり急いでいた。「12時までに仙台」と思いながら、いつもどおり飛ばして走っていた。ずっと追い越し車線を走り、岡谷を過ぎ長野道に入って坂を下る時、走行車線がやけに車が多く、追い越し車線はガラガラ。有り難いと思い、気持ち良く下った。しかし、暫くすると後ろでパトカーが赤ランプをぐるぐる回している。これは何か有るなと止まった。「スピード違反です」とパトカーの中のスピード測定器の表示を見せられると、１３７km／hだった。「37km／hオーバーです。次のインターまでパトカーに付いて来て下さい」と言われ、従うしか無かった。

「罰金３万７千円」の切符を貰った。この件で仙台到着が15分遅れとなった。しかし後で反省。なぜパトカーが分からなかったのか。走行車線の沢山の車の中に埋もれていた。多分、どの車もパトカーが居るため、身動きが取れない。「走りたいが走ると捕まる」という状態で団子に成っていたのだろう。しかし運も良かったと思わなくてならない。あと3㎞／hオーバーで免停1ヶ月。罰金10万円以上。辛うじて罰金だけで済んだ。これ以後、高速でのスピードを10㎞／h落とした。

スピード違反未遂（オービス・盤越道）

ところが、まだまだ落とし穴があった。嫁さんが先に新幹線で三春に行き、2日後に車で三春に行った時のことである。新潟廻りで、会津を過ぎて走行車線に入るため、追い越し車線を少しスピードを上げて走った。その時、インパネに赤い光が走った。「あれっ」と思いながらスピードメーターを見た。122㎞／h位だった。「何か?」と思いながら良く見ると「80㎞／h制限」。

「しまった」と思った（高速は40㎞／hオーバーでオービスが作動する）。100㎞／h制限ではない。そう言えば盤越道は全て80㎞／h制限だったが、あとの祭り。

通常オービスが有るところは、その前に警告の看板が2~3枚出ている。それも全て見逃しており、追い抜きをしようと加速した為と思う。やはり、1人で運転していると見落としがある。その意味でいつも、嫁さんが見張り役、ブレーキ役になっていたのだ。

嫁さんが居なくなった今、走る時の速度を更に10㎞／h下げた。

ジパング

三春の「やわらぎの湯」に行った時、〝ジパング〟〝ジパング〟と関東の人が言ってるのを耳にした。理解できないので聞いてみると、JR東日本が主催している会員制の割引制度で男性65才以上、女性60才以上の入会制限。会員に成るとJRの運賃が3割引になる制度だそうだ。しかし、こちら東海地方では、ほとんど知らない（15年前の話）。

JR東海は、協力会社である為、敢えて宣伝しない。駅に行くと申し込み用紙が有り、会員手続きが出来る。しかもJR東海は新幹線では「ひかり」まで、「のぞみ」には乗れない。JR東日本は「のぞみ」相当の「はやて」に乗れる。ここで協力会社のハンデを付けている。三春で〝ジパング〟のことを聞いたのが、嫁さん53才の時。しかし、来年は居るかどうか分からないと思っていたので、あまり気にしなかった。

しかし、それから7年。運良く、生き延びて、ついに〝ジパング〟が使える歳になった。２０１１年1月に会員になった。２０１１年1月と2月に使い、その後、３月に東日本大震災で東北新幹線が止まった（那須塩原以北が被害が酷く運行見合わせ）。

東北新幹線が復旧した後、10月に1回、私の都合がつかず、東京から三男に仙台まで付き添って貰った（採血時で仙台からバスで20分の文殊堂前の杜のホスピタル青葉まで）。採血終了後、三男は東京に帰り、嫁さんは郡山で下車して、三春の「やわらぎの湯」に行った。２０１１年1月～２０１３年5月末まで、仙台往復が56回あったが、３回のみしかまともに（三ヶ根～仙台の往復）〝ジパング〟を使っていない。他に1回使用があったが、これは飛行機で仙台に行った時、三春の「やわらぎの湯」に2泊するため仙台～三春の往復に使った時である。２０１３年は1度も使用していない。ジパングをあまり使えなかった理由は、ＢＡＫ療法の投与後、熱が出るようになり、１人で帰って来るのが難しくなった事がある。車の時でも投与を受けた後、急いで三春の「やわらぎの湯」に帰るが、投与2時間後から熱が出始める。約2時間半で帰るが宿に着いた時は、ほとんど熱が出ていた。

人に因っては、投与後すぐに熱が出る人もあり様々。嫁さんの場合、２０１０年前は熱が出ず１人で帰れた。２０１０年の10月に１度酷い熱が出たが、それ以降は比較的良好だった。２０１１年７月頃から投与後、必ず出る様になり、１人では新幹線で帰れなくなった。

嫁さんが亡くなった年（２０１３年）、ようやく私が65才になり２０１４年の１月から〝ジパング〟の会員になり３割引きを使わせて貰っている。三春の往復、少林寺拳法の本山の有る四国の多度津の往復と〝ジパング〟の３割引きが使え、有り難い。嫁さんが使わなかった分、私が使ってやろうと思っている。

五重の塔と鬼婆伝説

仙台に通い始めて東北新幹線の景色で、福島を通過して郡山に近づく頃、左手に五重の塔が見える。東北でこんな五重の塔は珍しく、何処のお寺かと思っていた。三春で泊まるようになって１度見てみようと嫁さんと２人で五重の塔を見に行った。三春から20㎞離れた二本松市の安達ヶ原ふるさと村に五重の塔は有った。お寺では無く、観光の為の「ふるさと村公園」の建物の１つだった。しかし、新幹線から見ると如何にも様になって「凜として建った五重の塔」。そして、その前に有るお寺が観世寺と言うお寺で、あの有名な「鬼婆」の伝説のあるお寺であった。知らずに自分の娘を殺してしまい、それ以後狂って鬼婆になって人を襲った老婆の伝説が書かれていた。鬼婆とはそんな由来なのかとはじめて知った。気楽に「鬼婆」という言葉を使うがとんでもないことだと思った。しかし、鬼婆の恐いイメージが有るのか、お寺も閑散としていた。

ラジオ放送

ラジオを聞き始めたのがローソク温泉に通いだした２００３年10月頃。往復約６時間車に乗っている為、退屈しのぎだった。しかし、聞いてみると面白い。今までテレビしか見ず、ラジオを聞くことがなかったから、認識を変えた。ラジオは主にＮＨＫ第一放送だが、以外に面白い番組があったし、今もある。テレビとは又違った見方をする解説や切り口が有り興味深い。東日本大震災の時はラジオの威力を実感した人も多いと思う。特に震災の被害に直接遭った人は特に感じていると思う。

ラジオはテレビと違って映像が無いため自分でイメージを浮かべる必要があるので想像

力が刺激される。その為、高齢者には脳の活性に特に良いと言われる。この10年間ですっかりラジオファンになった。更に、ラジオの利点は聞きながら他の仕事が出来る。テレビは画面を見る必要が有り、その場所に縛られる。

三春行きの場合、いつもＥＴＣの夜間割引を使用して高速に入る為、朝3時の出発となる。その時、眠気防止にラジオを聞いていた。印象に残ったラジオ番組をいくつか挙げてみる。

●ラジオ深夜便

いつも仙台・三春に出掛けるのが木曜日午前3時。この時間から聞くとなると、この番組が面白かった。特にいつも何か成した人、その道を極めた人（特に有名ではないが、極めた人）の話は面白かった。又人生での参考になった。普段はじっくり聞けないが、この時間はこれしか無いため、じっくりと聞けた。

●ラジオビタミン（ＮＨＫ朝、終了）

パーソナリティ2人の声が良かった。明らかにこの2人の声と明るい性格が番組をかなり支配していた。そして、投稿されるハガキやメールが多く、これらを紹介してリスナー同士でもメールのやりとりと面白いコミュニティが出来ていた。そして、途中で入る音楽も私の世代（団塊の世代）でも違和感無く聞けた。ラジオはここが難しいと思う。どこに、ターゲットを置くかである。多分パーソナリティの村上信夫さんと歳が近かったことが音楽の選曲でも違和感が無かった理由と思う。もう1人のパーソナリティ、神崎ゆう子さんは、NHKの歌のお姉さんを務めた人で、歌手。やはり声が良く、弾む声で気持ちが良い。朝の番組向きだった。この番組は2週に1度の仙台行きの楽しみだった。ところが2012年3月で終了してまった。理由は村上アナの退職（定年間際だった）だと思う。NHKはこんな人気番組をいとも簡単に終了させてしまうのかと残念だった。年齢など関係なく番組を残す為にも本人を残すべきと思う。民放では「ゆうゆうワイド」みたいに70才を超してもパーソナリティの大沢悠里さんがやっている番組もある。

「ラジオビタミン」の後番組が面白ければまだ救いがあるが、私にはあまり合わない。パーソナリティの声が合わない。かかる音楽が合わない。多分世代がかなり違うのだろう。

結局、民放の「ゆうゆうワイド」に行った。

NHKはここら辺の分析が足らない。同じ事が私の好きな他の2番組でも起きた。

●地球ラジオ（ＮＨＫ　土、日曜日夕方）

パーソナリティが交替して、急に面白く無くなった。なぜか。残ったパーソナリティの倉益結城さんは、女優で大学在学中の20才前後（17才の高校生でパーソナリティになった）、いくら海外を知っているからと言って、全権を負わせるには、荷が重すぎる。男性のパーソナリティの後藤繁榮アナが定年で交替だったと思う。しかし、この後藤アナの存在（会話と進行の運用能力）が番組を面白くしていたのだから、交替する必要はなかったと思う。残すべきだったと思う。２時間聞いても飽きなかった番組が、30分くらい聞いてそれ以上続かない。

「地球ラジオ」は、２０１３年度にリニューアル、タイトルも「ちきゅうラジオ」に変わった。

●歌の日曜散歩（ＮＨＫ）

三春の帰り道、日曜10時、鎌田正幸アナの低音の声。男でも惚れる声。こんなアナもやはり定年で辞めている。替わりがきかないアナは年齢関係無く続けて貰ったらと思う。この声を聞きたい人はかなり居たと思うが残念だ。後のアナでは面白くなく、やたら自分のカラオケが出て来る。又、選曲も合わない。多分世代の違いか。この時間帯も民放に変えた。TBSの安住紳一郎アナの番組を聞くようになった。テレビで聞いている声なので安心感がある。

以上3番組がメインパーソナリティの退職、出向で代わり、好聴取率の番組をいとも簡単に無くしている気がする。テレビ番組ではないので、あまり話題にならないが、ラジオ番組だからこそ、熱心なファンもいると思う。

●のど自慢（NHK、日曜日）

三春からの帰り道、ラジオの「のど自慢」を聞くのが楽しみだった。歌では無く、自分の感性が合っているか、嫁さんと競争した。鐘の数の当て合い。歌のうまい人は、第一声でだいたい分かる。自分ではこんな巧く歌えないレベルが、鐘3つ。自分と良い勝負のレベルが鐘2つ。更に慣れて来ると、歌う歌手名、タイトルで鐘3つが予測がつく様になった。嫁さんより私の方が良く当たった。多分、私自身のレベルがはっきりしていて、そこを基準にするから良く分かる為と思った。

ところが最近時々テレビで「のど自慢」を見ると全然当たらない。映像が入り、声に集中出来ないからと思う。やはりラジオで聞く「のど自慢」の方が面白い。

●児玉清の読み出したら止まらない（ラジオビタミン・ＮＨＫ）
ラジオビタミンの「ときめきカルチャー」のコーナーだったが、俳優の故児玉清氏が本を紹介するコーナーだった。無類の本好きで、又本の書評をしており、その知性に驚いた。テレビの「パネルクイズ・アタック25」の司会をずっと見ていたが、その軽妙な司会はこれだけの知性が有って出来ていたのだと納得した。このコーナーは氏が亡くなる直前まで続けられた。２０１１年5月20日は追悼番組になった。放送前日に突然の氏の死亡だった。

●小沢昭一の小沢昭一的こころ（ＴＢＳ）
やはり仙台行きの車の中で良く聞いた。かなり際どい話も有るが、肝を掴んだ話が多く、処世術として興味深く聞いた。

●永六輔の誰かとどこかで（ＴＢＳ）

永六輔氏と遠藤泰子アナのコンビで10分位の番組。番組冒頭の「遠くへ行きたい」の音楽がいい。そして、リスナーからの手紙を読んで進める番組だが、心に残る話が多かった。

●大沢悠里のゆうゆうワイド（ＴＢＳ）

「ラジオビタミン」が終了した為、他民放の面白い番組はと探したが、結局この番組に行き着いた。朝3時に家を出ると8時頃は関東圏を走っている為、入りやすいＴＢＳのワイド番組だった。一番驚いたのは長寿番組だったこと。ＮＨＫはメインアナの定年間際で番組が終了又はパーソナリティーが交替してしまうが、ここはそれが無い。そうだろ。人気が有る間は続投すればいい。そんな単純明快なことがＮＨＫには通用しない。それで多くのリスナーを失っている気がする（２０１６年4月で終了。その後、後継番組として毎週土曜日に「ゆうゆうワイド土曜日版」がスタートした）。

●ラジオ文芸館（ＮＨＫ・土曜日朝）

ローソク温泉の行きの時に聴いたラジオ番組。これは今まで読んだ事がない様な小説をアナウンサーの朗読で聞かせる40分位の番組。耳で聞く短編小説がキャッチフレーズで、これを聞くとその小説を読んでみたくなるから不思議だ。やはり脚色が巧いのか。

●かんさい土曜ほっとタイム　ぼやき川柳アワー（NHK・土曜日午後3時）

ローソク温泉の帰り、3時からいつもこれを聞いては2人で笑っていた。投稿者が自分の嫁さんを皮肉っている川柳がかなり多く、嫁さんも一緒に笑っていたが、自分には関係ないと思っていたのか。ドラム缶とか寸胴とか、しまいにはオットセイまで出て来る。でもそこまでなるとは、甘やかした旦那も責任があるのではと思って聞いていた。でもこれに読まれるのは最近では至難の業。毎週1000通近くの応募が有り、読まれるのは、50句も無い。勢い、読まれないのを嘆く川柳も多くそれ自体がテーマみたいになっている。そんな中で常連さんも多い。これは独特の才能か。

●ロックンローラー近田春夫の歌謡曲って何だ？（NHK・金曜日3時・放送終了）

突然始まって月1回の放送だった。仙台からの三春への帰りの時間。そのうちに、毎週金曜日に定着した。古いレコード盤をさがして、いろいろな歌謡曲を聴かせてくれる。又我々世代（団塊世代）にも懐かしい曲がかかると嬉しかった。特に運転中で眠気防止には、非常にいい。脳が踊る状態になるから、眠気など関係無くなる。

「やわらぎの湯」のカラオケ

三春の「やわらぎの湯」にカラオケ小屋があった。新潟の人がカラオケのシステムを寄付したと聞いた。かなり後でカラオケの存在を知った。それ以来、行く度にカラオケをやった。嫁さんが歌が好きな為（短大時代はコーラス部）、カラオケのセッティング（予約とメンバー集め）が私の役目になった。

2週に1度、約2時間5～6名で盛り上がった。同世代の人の為、歌が分かる。又かなり歌い込んだ人も居て面白かった。カラオケをやるとストレスも抜ける。私はカラオケの導入役。間を埋める役。そして巧い人が歌った後、1度レベルを下げる役を主にやった。

嫁さんは、巧いので自分の好きな歌を歌っていた。松任谷由実（特に「春よ、来い」）、竹内まりや、ザ・ピーナッツ、いしだあゆみの「ブルー・ライト・ヨコハマ」、欧陽菲菲の「雨の御堂筋」。しかし最後はチェリッシュの「なのにあなたは京都へゆくの」をいつも歌って貰った。私の出番も少しあり、何と言っても最後の高音のハミングがいい。「ルールールー」あの声は録音しておくべきだった。又私がトワ・エ・モワが好きだったので「或る日突然」を無理やりデュエットで歌わせた。

夫婦で来ている人が少ないので「仲がいいね」と冷やかされた。そんな大好きなカラオケを最後から2回目（2013年4月末）の時、「声が出ないから止める」と言い出した。しかし、みんながやろう言っていつもどおり始めた。嫁さんは声が少しかすれながらも何とか歌った。しかし、チェリッシュの「なのにあなたは京都に行くの」は、声が出ないと言って拒まれた。多分最後の高音が出ないのだなと思った。これが最後だった。

嫁さんが亡くなってからも、カラオケメンバーが居ると必ずやるが、その時ZARDの「負けないで」を歌うと途中で声が変わってしまう。歌詞の中に「どんなに離れていても、心はそばにいるわ」の歌詞を見ると思わず涙声に変わった。カラオケ仲間の女の人は声が変わったのが敏感に分かったようだ。そんなことが数回続いた。そんなに愛していたとも思えなかったが、37年連れ添って来た嫁さん。この歌詞で敏感に声が変わる訳だから「何処か愛していたのか」と思った。

三春の滝桜

ここから、嫁さんと見て廻った花や祭りなどにまつわるエピソードを羅列してみる。

日本三大桜の1つ、三春の滝桜。10年間も三春に通ったが、満開は1度だけしか見ていない。嫁さんはもう少し見ている。免疫療法の度に三春に行く為、4月は初旬に採血（この時に先生に会う為、私も車で付いて行く）で仙台・三春に行く。このため早すぎてほとんど満開に合わない（滝桜の満開は4月中旬以降）。

嫁さんは2週間後に再度投与の為、仙台・三春に行くため満開に出合っている。後半の5年は両方（採血と投与）とも付いて行ったが、それも7～8分咲きまでで満開に巡り合わない。

観光でバスツアーで来る人で満開に出会ったら相当運のいい人である。バスツアーは募集日程が決まっている為、大半は3分咲き、良くて5分咲きを見て帰る。２００６年ヘリで上空から滝桜を見たら、ほとんど花は見えない（それでも3分咲きだった）。遠くの菜の花畑がやけに綺麗だった。この黄色が目立った。しかし観光バスが駐車場をかなり埋めていた。みんな来年こそはと、心に誓って帰って行くのだなと上空から見ていた。

三春はこの桜の時期にはあちこちにしだれ桜が咲いており、非常に綺麗で、カメラマンの撮影対象になる。又、「やわらぎの湯」では、この時期マイクロバスで社長さんが町内の見応えのある桜を案内してくれた。元代議士の邸宅にあるしだれ桜など見事なものだった。２０１０年、意を決して「滝桜の満開」を見るぞと時期も何とか合わせた。又宿泊場所も歩いて見に行ける「やわらぎの湯」の「ロッジ」（ここから滝桜まで２㎞）にした。ところが、この時が大雪で滝桜の上に雪が積もり、桜見物どころでは無かった。しかし、カメラマンはそんな中でもちゃんと「雪が積もる満開の滝桜」を撮っている。やはりカメラをやる人は根性が違うと思った。２０１１年は震災で無料開放され、近くで見た。それよりも、震災の中、原発の避難者（三春にかなり避難している）と共に、滝桜を保守している様子と7分咲きの滝桜が朝のテレビ番組で全国放送され、東海地区でも、ようやく認知され始めた。

２０１2年も5分咲き。２０１3年7分咲きで当日の朝に雪が降り、桜にうっすら雪が積もっている状態を見た。この時偶然、「天然記念物　滝桜」と書いた石柱が有ったので、その前で嫁さんと滝桜入れて写真を撮った。１枚目はいつも目をつぶっている。２枚目はちゃんと目を開いている。この時、嫁さんは何かを感じたのだろうか。

人目千本桜（宮城県大河原・船岡）

免疫療法の投与の時、三春から郡山で乗り換えて、東北本線の鈍行で名取まで行くが、途中の沿線で桜の木がかなりある所があった。4月になると列車からこの桜が見える。三春の滝桜より少し早い。船岡・大河原間。後で調べてみると「人目千本桜」の名前が付いていた。列車から見ると非常に綺麗に見える。

2007年4月に1度間近で見てみようと、仙台の帰りに車で寄ってみた。あいにくこの日は雨だったが、それでもこの沿線にカメラマンが何人かいた。列車と桜の写真を撮っていた。更に近くの船岡城の桜も綺麗だと言うので見ようとしたが駐車場が満杯で入れず断念した。しかし、それ以後（2010年以降）、私も月2回仙台・三春に行くことになり、投与の時は、名取の為、名取市と白石市を結ぶ、この桜の横の国道4号を常に通るようになった。

磐梯吾妻の紅葉

愛知県では香嵐渓の紅葉が有名だ。箱庭的（京都の紅葉をイメージしている様な気がする）だが、福島の紅葉は山全体が紅葉する為、規模が違う。又、寒暖の差が大きい為、色合いが綺麗。１度こちらの紅葉を見ると毎年見たくなる。しかし、紅葉の時期が意外と短く、なかなか免疫療法の日程と合わなかった。２００５年は偶然ローソク温泉の仲間と一緒に磐梯山の素晴らしい紅葉を見た。２００８年は吾妻山の紅葉を見た。やはり素晴らしい。

それ以後は巧く日程が合わなかった。見に行ったが雪が降った後で黄色の葉が茶色になっていたり、２０１１年は震災の為、紅葉の時期は全て有料道路は無料になった。この時は、時期が少し遅く、しかも当日は雨で霧が出て吾妻スカイラインは何も見えなかった為、途中で引き返した。これからも10月の福島の紅葉は見たいと思う。

蓮（法蔵寺の蓮祭り）

毎年８月初め三春の法蔵寺で蓮祭りがある。ここの住職の趣味でいろいろの蓮が集められており、これらが丁度咲く頃、蓮祭りが開かれる。「やわらぎの湯」に泊まる人は楽しみにしている。うちの嫁さんも必ず「見に行こう」と車を出す。暑い時期だから、歩いて行こうとは言わない。その為、三春に行った歴代の車が蓮と写っている。シャリオ４ＷＤ、シャリオＥｖｏ（正式名リゾートランナーＧＴ）、コルトプラスＲＸ。

家の近くのお寺にも蓮はあるが、白だけなので、あまり誰も気にしない。法蔵寺は蓮の時期にも紫陽花がまだ綺麗で蓮と紫陽花の両方が見れる。毎年行った様な気がする。

偕楽園の梅

三春の帰りに水戸の偕楽園の梅を見ようと、２００８年3月初め、常磐道を水戸に向かった。偕楽園の近くに行ったが駐車場が無い。又は、空いている駐車場は遠い。うろうろしていたら偕楽園の目前の駐車場が1台空いた。ラッキーと思いながら車を入れた。満開では無かったが、概ね満開（7〜8分咲き）。3大名園と言われる偕楽園。どれほど凄いかと思ったが、意外と簡素だった。昔の名園はわび・さびを追求しているのか、かなりシンプル。それでも嫁さんには偕楽園を見た実績は残った。帰りは、水戸から下道で延々と太田桐生インターまで行って、いつものコースで帰宅した。

翌年も3月初めに行ったが今度は早すぎて、梅があまり咲いていなかった。今度は常磐道を上り東京を通過して、東名で帰った。途中富士川ＳＡで夜景を堪能して帰った。やはり何か納得出来るものがあると元気が出る。

あしかがフラワーパークの大藤

２００5年の5月の連休。三春からの帰り道、嫁さんを「やわらぎの湯」に置いて1人で帰ったが、「やわらぎの湯」で知り合った人が「1度見て行け」と言っていたので、寄ってみた。丁度昼頃で、駐車場に何とか停めることが出来た。

言葉どおり「今まで見たこともない藤の花の長さ」。そして、藤の木の太さ。1本の藤の棚の広さ。何もかも、ビックリする事ばかり。三春の滝桜を見た時もビックリしたが、その驚きと同じ位だった。翌年、嫁さんにも見せたくて、5月連休過ぎに寄ってみた。朝早かったのか、駐車場に簡単に入れた。木曜日で平日だった事もあった。

入ってみると、少し藤が色あせてる。ピークは過ぎていた。それでも、私が驚いた様に、嫁さんもビックリした様だ。愛知県近辺ではこんな藤は見られない。この藤を見ると愛知県の藤の名所も今一歩と感じてしまう。圧倒的な大きさ。あとでデジカメに収めた写真を見ると色あせた感じは無く、綺麗に見えた。

２００8年にも5月の連休時に行ったが、この時も朝8時頃に着いた。駐車場も逆方向から入った為、すんなり入った。この時は、もう1人同行したので、大藤の下で写真を撮って貰った。

この写真が我が夫婦のベストショットの写真かと思うほど、嫁さんがいい表情をしている。多分、ガンの手術後、５年クリア間近で、ガンも無い状態。やはり、安心感が表情に出ている。

連休中の為、パーク内は人が一杯だった。その後、三春に向かうべく、メイン道路の50号に出て、東北道の佐野藤岡インターに向かった。しかし、反対車線はずっと渋滞している。これからフラワーパークに行く車だ。その長さが中部圏では考えられない長さだ。佐野藤岡のインターの近くまで渋滞。約20㎞。関東の人は我慢強いなとビックリした。中部圏では、５㎞が限界だと思う。

新潟のチューリップ

車で三春に行き始めた初期の頃、ＥＴＣの夜間割引を使えるのが、新潟廻りだった（高速の切れ目が無く全て繋がっていた）。

地図の中で阿賀野川の流域にチューリップの絵があしらわれていた。そこで地図の絵を頼りに、安田インターで降りてみたが、何処にチューリップ畑があるのか見当も付かず、その年は諦めて帰った。

同じ年の夏に、この付近の五泉市から「やわらぎの湯」に来ている人と偶然タクシーに同乗して仲良くなった。チューリップの事を聞いてみると、毎年4月末、チューリップ祭りをしていると教えてくれた。

それ以後4月中~末には、三春の帰りにチューリップを見て帰る様になった。しかし、2011年の4月を最後に5月から北関東自動車道が開通して以来、新潟廻りをしなくなり、いつのまにか忘れてしまった。

須賀川の牡丹園

2005年5月、「やわらぎの湯」に行った時、須賀川に有名な牡丹園があるから、見てきたらと言われて嫁さんを含め5人で見に行った。牡丹などにあまり縁が無いが、珍しく見に行く気になった。

そして震災の年に牡丹園にも地震の被害が有り、無料開放されたので、5月の初めに見に行った。ところがこの年は寒く、まだ牡丹が咲いていなかった。仕方なく2週間後に再度見に行った。今度は満開で綺麗な牡丹の花を満喫出来た。

清内路の花桃

ガンになる前に見に行った清内路（長野県の昼神温泉より奥に入った場所）の花桃。この地に嫁いで来たお嫁さんが花桃の木を持って来て増やしたのだそうだ。今では名所になっている。

嫁さんの更年期障害の回復の為、ひまわりの湯（平谷村）、こまどりの湯（売木村）、昼神温泉（阿智村）とこの付近の温泉巡りをしていたが、偶然この清内路の花桃を知った。以後春になると見に来ていたが、三春の帰りに見れるのではと飯田インターを降りて見に行った。夕暮れで花桃に当たる日光が少し弱いがそれでも綺麗だった（２００５年５月）。

それ以後も、あちこち行くが意外にも花桃がある。三春にもあるし、地蔵桜（郡山市）の前にもある。多分木が育つのが速いのだろう。茨城の古河にも花桃公園がある。福島の花見山公園も花桃で一杯（絵で見る限りだが）。

この地方（長野の南の方）では、清内路から始まった花桃。今では昼神温泉から飯田山本インターまで両サイドに一杯見られる様になった。

芝桜

花桃と同様に芝桜もあちこちで見られる様になった。しかし、これは維持管理が大変だと思う。ローソク温泉（岐阜県中津川市）の近くに、「芝桜の里」として毎年新聞に載る場所がある。ここも嫁さんと良く見に行ったが、個人の家で維持管理し、毎年、来訪者に観覧させている。維持管理の為にも少し拝観料を取っても良いのではないか思うのだが……。

福島の花見山公園はどうしているのか。ここも個人の人が全てをやっていて、今ではシャトルバスも出ている。年間数十万人が来ていて、滝桜と並ぶ春の福島の観光スポットになっている。

仙台の七夕祭

２０１０年、震災の1年前。仙台に毎月2回も行きながら8月に催される仙台の七夕祭を1度も見ていない。1度は見てみようと仙台市から電車で20分の多賀城市のビジネスホテルを予約した。仙台市内のホテルは満室の可能性があり、又車で入ると渋滞に巻き込まれる。

この時は次男が多賀城址を見たいと言って来たので、免疫療法の採血を終え、仙台市街の北の方を通り、多賀城址のある利府の方に向かった。利府駅で待ち合わせた。乗り込んで来たが、直ぐ多賀城址に着いた。ただ暑い中、歩くと大変と言っていた。ここは平安時代に国府が置かれた所で、その後も伊達政宗が仙台城下を開くまでは、この地方の中心だったと思われる。中世（室町幕府の初期頃）に、地元の東条吉良氏の3代目吉良貞家（吉良氏の中では最も戦いが巧かった武将。奥州探題に任命されていた）も、この多賀城を攻めている。吉良から、ここまで来て戦っているのだと思うと不思議な気がする。

しかし、この貞家は吉良に帰らず、関東の世田谷に行った。ここに世田谷吉良が始まったと聞く。

多賀城址を見てから、高速に乗り、松島まで行って次男を降ろした。私達は松島を見ないで多賀城に帰った。松島はこの前の4月の時に1度見てみようと思って、やはり仙台の街の中を横切りわざわざ松島に行った。しかし、私には、松島の印象が「日本三景」にしてはインパクトが無かった。理由はいつも地元の三河湾の景色を見てる為だと思った。嫁さんも同じ感想だった。

現代人は松島の「島が数多くある景色」よりも、三河湾の様な「島がポツンとある単純な風景」を好むのではと思った。理由は、ストレスが多い現代、スッキリと単純な景色が見たいと思うのではないか。その意味でも三河湾の風景を日本三景に加え、「日本四景」にして貰ったらと思った。

少し休憩して、七夕を見に行った。この日は仙台でも暑く、ホテルから多賀城駅まで歩いて10分弱だが長く感じた。ＪＲ仙石線（翌年津波でずたずたになるとは予想もしなかった）で20分。仙台駅に着き、七夕の飾ってるある通りに入ったら、暑いこと。七夕を少し見ただけで嫁さんが熱中症寸前。冷房の効いたビルに入り休憩。４時過ぎだったが、人混みと日中の暑さが残り、ゆっくり見る余裕が無かった。

七夕が飾ってある通りをひととおり見て直ぐに帰った。ホテルに着いた後の感想は「暑かった」であった。

「１度位、七夕を見よう」と思ったものの、感動より「暑さ」を体感しに行った様な２０１０年の七夕だった。しかし翌年3月11日、この多賀城市付近は津波に呑まれた。テレビの画像を見ながらあの泊まったホテルは？　駅は？　ＪＲ仙石線は？　インター入り口は？と目を凝らして呆然と見た。

名取のガン友

投与のため、いつも名取市に行くが、嫁さんが、「やわらぎの湯」で知り会ったガン友が、名取在住だった。このガン友が、嫁さんが投与で名取に行った時に家に連れて行ってくれ、歓待してくれたと話に聞いた。しかし、暫くして、この人が亡くなったので、名取に行った時にお線香を上げたいので寄って欲しいと言われ、住所を頼りに立ち寄った。

名取駅から東に５㎞くらいの所だった。一戸建ての立派な家だった。ところがこの場所が震災後、テレビで何度となく出て来た閖上地区だった。震災直後のテレビで、名取の閖上地区を津波がさかのぼる映像を何度か見て、あの辺かな。あの家だったかなと目を皿の様にして見ていた。名取にある仙台空港を津波が襲う様子に驚いた。こんな事が有るのか……何か悪い夢をみている気がした。

震災の翌年、家を探しに行ったが分からなかった。更に２０１３年の2月、時間に余裕が有ったので再度探しに行った時、偶然家が見つかった。旦那さんが居て、家の片付けをしていた。家は辛うじて流失は免れた様だった。家の廻りにブロック塀が有り、これが流す勢いを弱めた様だ。ただ全面ブロック塀では無く、１部低い部分があり、これでブロック塀が倒れるのを防いだのだと思う。適度にブロック塀が有り、流れを弱めたのだろう。ただ家の中は何も無く、床も板丸出しだった。今後、ここに住めるかどうか（居住が認められない可能性もあり）は分からないとの話だった。ただ幸いなことに家族全員は無事だったと。あんないい家がこんなになるとは。人生一寸先は分からない。

鎌倉

三春の帰りに年1回鎌倉に寄る様になった。新幹線で偶然知り合った古い知人が、今は鎌倉の腰越で、宿を営んでいると聞いてから寄る様になった。

いつも6月初めに行ったが、鳶の鳴き声で目を覚ます。いかに海が近いかが分かる。ここは天気が良い時は富士山が綺麗に見える（近年、目の前にマンションが出来て景観を損ねている）。

そして江ノ島が近くに見える。江ノ島が有って遠くに富士山が見える。この景色が良い。鎌倉は車では入らない方がいい。よほど道を良く知らないと渋滞に引っかかる。又道が狭いし、観光客が自由に歩く。自転車も多く、車はこれらを避けながら走る必要がある。テレビで見る中国の道路（秩序が無い）を走る感覚を持たないと事故が起きる。そんな事を知ってか、宿の合間を縫って2度程、車で案内をして貰った。

1度目は石亭。こんな庭園があるのかとビックリ。2度目はお寺巡り。この時に撮った写真には、嫁さんが比較的多く写っている。

鎌倉は道が狭い所が多く、軽自動車で無いと不都合が多い。観光に来る人は江ノ電で巡るのが最善だと思う。

白馬

2000年に会社が傾き掛けた頃、会社の保養所が一気に無くなり、民間の宿泊施設を探さなければいけなくなった。嫁さんが本を見て偶然「ここ」と選んだ処がフランス料理を食べられる白馬の「モンビエ」だった。この時は5人で泊まり、近くに温泉（岩岳の湯）もあり、私はその温泉が気に入った。ここの湯は、太古の昔、海の隆起で塩水が囲われ地下に残ったもので、塩の温泉で、長時間湯に浸かっておれ、気持ちが良い。

料理もフランス料理など、普段食べた事がないので、大いに気にいった。食事をする場所が気持ちの良い空間で、又行きたいと思った。

その年の11月初め、嫁さんの体調回復（更年期障害）を兼ねて又「モンビエ」へ泊まりに行った。この時は夕方から酷い雪になったが、車のタイヤがノーマルタイヤだったので明くる日が心配だった。夕方、黒部から仙台まで帰る予定の人が、ここで泊まる事となった。雪には慣れている様子で、車の雪落としの道具をトランクから出して落としていた。明くる日、この人は朝食後難なく出発して行った（多分スタッドレスを履いていたのだろう）。ところが、こちら４ＷＤだがノーマルタイヤ。途中、幹線道路まで誘導して貰い何とか雪道を脱出。幹線道路は除雪して雪が無く無事帰宅。

以後、毎年夏頃に行くようにしていた。しかし嫁さんがガンになって、仙台・三春に車で行きだした時に、帰りに寄ってみようと思い、更埴インターから下道1時間半で白馬。北陸道（中越地震でダメージ大きく使えなかった）が使える様になってからは糸魚川インターから下道で1時間。年1回は行くようにしていたが、嫁さんの食事制限が多く、シェフは困ったと思う。その為、出来るだけ閑散時期を狙った。それでも嫁さんとしては、ここでフランス料理を食べるのが楽しみだった。

「うちの嫁さん」

結婚当初から、嫁さんの事を他人に話す場合「うちの嫁さん」と言っていた。これは、関西では「うちの嫁」とか「うちの嫁はん」と言うのに倣った言い方。しかし、「うちの嫁はん」と言うまで関西弁に馴染んでいない為「うちの嫁さん」と言っていた。尊敬の念と多少「ちゃかし」が入っている気がする。

関東では「うちの家内」と言うが、これは男の視点からの言葉で、若干見下しが入っていて、現代では適当な言葉では無いかも知れない。又へりくだって「うちの愚妻」とも言うが、今の若い奥さんが聞いたら「私は馬鹿なの」と思うかも知れない。その点では、敬語の使い方からは反するが関西弁の言い方の方がいいかもしれない。

反対に「旦那」とか「旦那さん」は明らかに最初から尊敬の念が入っている。結婚した女の人で「うちの夫」「うちの旦那」「うちの旦那さん」「うちの旦那様」で夫婦の力関係がはっきり分かると思う。

「うちの夫」は本来の使い方だが、「少し見下している」気がする。夫婦関係はあまり良好と思えない。「うちの旦那」で対等。夫婦関係は普通。「うちの旦那さん」で尊敬されている気がする。夫婦関係良好だと思う。「うちの旦那様」は、完全な亭主関白。今は良いが、定年後が恐い。男としては「うちの旦那」又は「うちの旦那さん」と言われるべきである。

ハイパーサーミアで大阪通い

ハイパーサーミアの治療で大阪の堺市と八尾市の２ヶ所の病院に通った。関西にはハイパーサーミアの設備が多い。東海地区にはほとんど無い。

堺市の病院に行った時、１時間早く着いた為、新婚時代に1年間住んでいた所を見ようと行ってみた。しかし既に35年経っており、場所が分からない。確かこの辺と思いながら探していると、精肉屋があった。ここの精肉屋は当時でもこの辺りでは名を知られた精肉屋だと聞いていた。しかし、それ以外は何も思い出せるものが無いほど変わっていた。２人が、新居を構えた安アパート。そこの家主の喫茶店や小さな商店街は見あたらず、府営アパートらしき建物ばかりが目につく。

そう言えば、自転車に嫁さんを乗せて駅に通った時、線路下をくぐるトンネル（ガード下）が有ったなと思い、見に行くと、車が1台しか通れない小さなトンネル（南海高野線の白鷺駅より南500m）で、こんなに小さかったのかとビックリ。当時は自転車で通ったので、大きく見えたのか。ここを嫁さんを乗せて毎日（妊娠して以来）通った新婚時代を思い出した。

しかし、35年間の変化は凄いと思った。多分、約30年前、隣駅の中百舌鳥まで地下鉄の御堂筋線（大阪の新大阪・梅田・難波を通るメイン地下鉄）が延びたことにより、その後の変化が大きかったのだと思う。

あとがき

嫁さんが、ガンになり余命1年位と言われながら長生き出来た理由を考えてきたが、何と言ってもいろいろな面で運が良かったのが大きい。

ガンだといっても地元の市民病院での手術を選んだ。これが第1の運。抗ガン剤を強く勧められなかった。むしろ、それ以外の方法を探せと言われたような気がした。

第2に、治療法として選んだ免疫療法の「BAK療法」が良かった。嫁さんが亡くなった報告をBAK療法の考案者の海老名先生に報告しに行った時に「10年位で無くなるのは、10人に1人位で、大半は皆元気でBAK療法を受けに来てますよ」と先生から言われビックリ。やはりそれぐらい実績がある療法なのだと思った。

第3にラジウム温泉に出会ったこと。何でも〝物は試し〟とやってみて、自分の体で体感することだと思う。「ローソク温泉」でラジウム温泉の良さを知った。更に「やわらぎの湯」でラジウム岩盤浴と大量のラジウムを含んだ水の摂取を行う方法に出会った。実際ここで延命した人がかなりいる。

第4にインターネットの普及で情報検索が容易に出来たこと。いろいろな情報が手に入った。しかし、15年前は、怪しい情報もかなり有り、見分けるのが難しかった。まずはベースになる本をしっかり読んでから、情報を調べる。いきなりネットで検索すると悪質業者の餌食になる。ガンの商売はお金になるから、あらゆる業者が入り込んでくる。免疫療法でも15年前は怪しげなものが横行していた。

例えば、タヒボ茶1つ取っても紛い品が一杯ある。又「やわらぎの湯」に行って泊まる事で生の情報（ガン患者同士の情報交換）が得られ、かなり参考になった。やはり自分で出掛けて体験することが大切である。

そして、もしガンと告知されたら、ガンの段階と性質を調べ、どんな対応をするかを検討する。その中で、長生き出来る方法を選ぶしかない。

「第1に治療法選び」「第2にそれを継続するお金の調達」。

しかし、この2点は連動しており、それなりのお金が無いといい治療法を選んでも途中で中断するしかない場合も出て来る。やはり自分の家の経済力と相談である。その中で最善の策を選ぶしかない。これが与えられた運命であると悟ること。

本文にも書いたが、私と嫁さんで立場が逆だったとしたら、こんなに長く生きれなかったと思う。多分お金が続かない。又はもう少しお金を節約して何とか生きたかも知れない。うちの嫁さんの場合、私が働いていたから、何とかお金が続いた。

ガンになるのも運命だと思う。ガンは一夜にして出来るものでは無い。今までの積み重ねで発症する。その原因を深く考えないといけない。現在元気な人もいつガンになるか分からない。自分の生活を振り返って、無理がないか点検することが必要だと思う。食事に偏りが無いか点検が必要。ガンは遺伝よりも生活習慣病として捉え、原因を考えるべきである。

追記

夢で嫁さんが帰ってきた。

車に乗って「あっ、豊子（嫁さんの名前）が帰って来た」と思った。何が原因でこんな夢を見るのだろうと考えてしまう。最近、時々墓参りをさぼっているのが原因だろうか。

参考文献

ガンは自分で治せる　安保徹著　マキノ出版
免疫細胞ＢＡＫ療法―がんと共生しよう　海老名卓三郎著　光雲社
がん難民を救う「免疫細胞ＢＡＫ療法」―もうがんは怖くない　海老名卓三郎著　近代文芸社
「免疫細胞ＢＡＫ療法」によるがん治療のパラダイム・シフト―もうがんは怖くない２　海老名卓三郎著　近代文芸社
これで、がんが怖くなくなった。―幸せになる「治療法」と「生き方」　海老名卓三郎、朝日俊彦著　幸福の科学出版
科学者の心―セレンディピィティ　海老名卓三郎著　近代文芸社
「進行がん」を抑え込む活性化リンパ球療法　後藤重則著　河出書房新社
末期癌「活性ＮＫ細胞療法」が救済　阿部博幸著　光雲社
ガンは治った！　タヒボ２０００人の証言　帯津良一（監修）ジュピター出版
特効！　ガンに克つ健康食品完全ガイド　山田義帰監修　現代書林
ガン免疫力　生き方を変えれば、病気はなおる　安保徹著　大和書房
医者いらず老い知らずの生き方　安保徹、船井幸雄著　徳間書店
安保免疫理論と上野式代替医療でガンは治る　なぜ三大療法でガン患者は治らないのか？　安保徹、上野紘郁 共著　現代書林

免疫革命　安保徹著　講談社インターナショナル
奇跡が起こる爪もみ療法　安保徹、福田稔（監修）　マキノ出版
癒す心、治る力　アンドルー・ワイル著、上野圭一訳　角川文庫
「ガン・治る法則」12カ条―6000人の患者さんが実践する新たな道　川竹文夫著　三五館
薬草の自然療法―難病も自然療法と食養生で治そう　東城百合子著　池田書店
自然療法が「体」を変える　東城百合子著　三笠書房
「体を温める」と病気は必ず治る　石原結實著　三笠書房
やせる！　病気が治る！　石原式「朝だけ断食」―にんじんジュースで血液サラサラ　石原結實著　日本文芸社
食べてガンを治す　発ガン・転移をおさえる奇跡の自然療法　石原結實著　PHP研究所
免疫力を鍛えるスーパー食事法　星野泰三（監修）　講談社
決定版　ゲルソンがん食事療法　シャルロッテ・ゲルソン、モートン・ウォーカー（著）、阿部孝次、氏家京子（訳）　徳間書店
今あるがんに勝つジュース　済陽高穂（監修）　新星出版社
私たちは「やわらぎの湯」でがん・難病を治した：最後の望みを賭けた感動の証言集　田中孝一著　二見書房
みちのく霊泉やわらぎの湯　影山勝夫＋体験レポート　みちのく霊泉やわらぎの湯発行

がんが消えた：ある自然治癒の記録　寺山心一翁著　日本教文社
論より証拠のガン克服術　中山武著　草思社
ガンにならないゾ！宣言pt.1　船瀬俊介著　花伝社
ガンにならないゾ！宣言pt.2　船瀬俊介著　花伝社
笑いの免疫学：笑いの「治療革命」最前線　船瀬俊介著　花伝社
ガン患者が最後に選んだ「免疫食」！　宮永義明著　現代書林
アメリカはなぜ「ガン」が減少したか：「植物ミネラル栄養素療法」が奇跡を起こす　ゲリー・F・ゴードン監修、森山晃嗣著　現代書林
桜は二度咲いた―肺がんと闘い、逝った女優・三ツ矢歌子　小野田嘉幹著　イースト・プレス
カーテンコール＝Curtain Call　川島なお美、鎧塚俊彦著　新潮社

加藤　政行（かとう　まさゆき）

1948年（昭和23年）愛知県幡豆郡（現在西尾市）吉良町に生まれる。現在も在住。大阪府立大学大学院（工学研究科）博士課程満了後、1978年、三菱自動車に入社。愛知県岡崎市にある乗用車技術センター（開発部門）で主に開発車の振動騒音（NVH）低減を行い、音の低減の難しさを知る。退職前の約10年間品質関係（主にIQSの分析業務）に携わり、分析業務の面白さを知る。2014年、66才で退職し、執筆活動、孫の面倒見、手抜き農業（主に芋類栽培と夏野菜の栽培だが約210坪：7畝と面積広く雑草に四苦八苦）、町内会と忙しい日々。趣味は少林寺拳法（現在5段で現役）。最近はハーモニカ、ピアノにも挑戦中（70才の手習い：ボケ防止も兼ねる）。囲碁、書道とやりたい趣味があるが手が回らない状況。又、嫁さんのガン治療（BAK療法）のため、車で仙台の往復を約150往復（1往復1700km）した為、車での遠出の癖が付き、時々長距離を走りたくなる。現在、福島県三春町（片道600km）に時々車で行く。

嫁さんのガン闘病記 ―妻は余命1年の宣告から10年生きた―

2018年4月24日　第1刷発行

著　者　加藤政行
発行人　大杉　剛
発行所　株式会社 風詠社
〒553-0001　大阪市福島区海老江5-2-7
ニュー野田阪神ビル4階
TEL 06（6136）8657　http://fueisha.com/
発売元　株式会社 星雲社
〒112-0005 東京都文京区水道1-3-30
TEL 03（3868）3275
印刷・製本　シナノ印刷株式会社

ISBN978-4-434-24584-8 C0095